KB245868

별도 新무협 판타지 소설

낭왕 狼王

FANTASTIC ORIENTAL HEROES

낭왕 7

별도 新무협 판타지 소설

초판 1쇄 찍은 날 § 2009년 6월 24일
초판 1쇄 펴낸 날 § 2009년 7월 4일

지은이 § 별도
펴낸이 § 서경석

편집장 § 문혜영
편집책임 § 정서진
편집 § 문정흠

펴낸곳 § 도서출판 청어람
등록번호 § 제1081-1-89호
등록일자 § 1999. 5. 31
어람번호 § 제2-1770호

주소 § 경기도 부천시 원미구 심곡2동 163-2 서경B/D 3F (우) 420-822
전화 § 032-656-4452 팩스 § 032-656-4453
http://www.chungeoram.com
E-mail § eoram99@chol.com

ⓒ 별도, 2008

ISBN 978-89-251-1851-2 04810
ISBN 978-89-251-1570-2 (세트)

7

성사재천(成事在天)

[완결]

낭왕 狼王

별도 新무협 판타지 소설

FANTASTIC ORIENTAL HEROES

청어람
도서출판

目次

第六十三章
뭐, 잘못된 거라도 있소?

狼王

고창은 슬쩍 뒤따라오고 있는 두 사람을 흘겨보았다.

고적의 표정은 딱딱하게 굳어 있다. 무언가 불만이 가득하다. 반대로 고적과 바싹 붙어서 오는 설아는 한결 여유롭다. 막혔던 시야가 확 뚫린 것 같다.

무슨 일일까?

고창은 고적과 설아를 힐끔거렸지만, 아무도 말을 안 했다.

아, 그러고 보니 변한 게 하나 있었다.

설아의 행동이 너무나 자연스럽다는 것과 그에 반하여 고적의 동작은 마치 남의 눈에 띌까 봐 겁먹은 초짜 도둑처럼 엉성하다는 것이다.

고창은 뭔가 말을 꺼내려다 도로 입을 다물었다.

묻자면 고적에게 물어야 할 텐데, 지금 그의 분위기가 선뜻 그렇게 할 수 없게 만들고 있었다. 할 말을 못하고 있자니 고창까지 어색해져만 갔다. 그렇게 한참을 걷다 보니까 어디선가 낮은 콧노래가 흘러나오고 있었다. 설아다. 역시 그녀만은 무언가 기분이 좋은 듯하다.

분위기도 바꿀 겸해서 고창은 설아를 향해 웃어 보였다.

"무언가 좋은 일이 있나 봅니다?"

설아가 고창을 향해 미소를 지어 보였다.

"곧 성도니까요."

"아!"

고창은 짧게 신음 소리를 흘렸다.

그래, 곧 성도다. 성도에는 정무련과 수라방이 있고, 그곳에 이단이 있다.

정무련과 이단하니까 간밤에 대뜸 나타나자마자 그들을 공격했다가 사라진 갈왕 동파가 생각났다.

고창은 그 이야기를 꺼낼까 하다가 도로 입을 다물었다. 그의 형 고적의 굳어 있는 얼굴 표정이 선뜻 말을 못하게 만들고 있었다.

동파에게 패한 사람은 자신만이 아니었다. 고적 역시 마찬가지였다. 그리고 그것은 고창보다 고적에게 더 큰 충격이었으리라.

"이제 거의 다 왔어요!"

고창은 일부러 목소리를 높였다.

이제 곧 성도다.

*   *   *

시간이 갈수록 정무련으로 향하는 문상객의 발길은 잦아들 기미가 안 보였다. 이십여 일 전에 있었던 검후의 장례식과는 비교 자체가 안 됐다.

정무련이 있는 곳이 성도요, 성도에는 역시 수라방이 같이 자리하고 있으니, 전노군을 아는 사람이 검후를 아는 사람보다 많은 것이 당연지사.

하지만 정작 문상객의 수가 늘어나면 늘어날수록 바빠지는 사람은 수라방 방장의 아들 아수라 유달이 아니라 낭왕 이단이었다.

겉으로는 유달이 전노군 유장한의 상주, 이단은 후영한조 정운의 상주라지만, 사람들은 유달에게 문상 인사만 끝내면 바로 정운의 관이 안치되어 있는 쪽으로 자리를 옮겨서 그곳에 눌러앉았다. 특히 그것은 상인들과 전장 주인 등, 수라방과 관계가 깊은 사람일수록 더했다.

벌써 수라방의 후계자로 이단이 결정되었다는 소리가 파다하게 돌았다. 소문이야 믿을 것이 못 된다지만, 표국의 국주들이 이단을 응원하고 있다는 말은 사실인 듯했다. 표국의 국주들이 이단을 찾아오는 것하며, 그에게 자기 식구들을 소개하는 것만으로도 이미 알 사람은 다 알고 있었다. 마지막으로, 청사군의 젊은이들이 이단을 믿고 의지하고 따른다는 것이 무시할 수 없는 여론으로 받아들여지고 있으니, 이미 이단으로 결정 난 듯했다.

안으로는 위아래를 가리지 않고 표현하는 지지와 밖으로 드러난 실력, 그러면 믿고 의지할 수 있다는 믿음감은 표국의 운영에 절대적으로 중요한 요소였다. 수라방 내부의 표행을 나가고 칼밥 먹는 사람들에게 다른 대안은 있을 수가 없었다. 바깥사람들이라면 몰라도.

그리고 그런 분위기는 곳곳에서 감지되었다. 이제는 누구든 장례식장을 한 번이라도 들러본 사람이라면 당연히 알 수 있었다. 문상객의 수만 보더라도 이제 누가 실세인지 말이다.

그렇게 되니 오히려 자리가 불편한 사람은 이단이었다.

내가 정말 수라방의 후계자인가?

아니다. 전노군이 공개적으로 발표하지 않았을 뿐이지, 아수라 유달은 차근차근 수라방 방장의 직무를 승계하기 위한 단계를 밟아가고 있었다. 몇 번의 시행착오가 있자 아예 백의 종군시키는 마음으로 말단 표사 수업부터 다시 시킬 각오까지 했다. 만약 그럴 생각이 아니라면 굳이 유달에게 표행을 하라고 시키지도 않았을 것이다. 오죽하면 정무련 총사에는 전노군, 사공 중 주작의 자리에 앉은 사람이 유달일까!

전노군이 생각한 후계자는 역시 유달이다.

그럼 자신이 유달과 경쟁을 할 수 있는 후계자 중 하나이기라도 하던가?

그것 역시 아니다.

이단은 전노군이 표행 중에 주워 온 아이일 뿐이다. 그래서 전노군 밑에서 자라는 혜택을 입었을 뿐이고, 일찌감치 자기 자리를 알고 아예 수라방에서 독립한 외무사일 뿐이다.

그럼 그에게 전노군의 자리를 이을 자격이라도 있을까?

이단의 생각에는 역시 아니었다.

일찌감치 꿈을 접은 이단은 수라방을 박차고 나갔다. 그에게 수라방은 그가 자라고 성장한, 그에게 자양분을 공급해 준 본가인 것이고, 그 자신은 수라방의 지류다.

속가나 지류가 본가를 계승하는 경우는 없다. 있다면 아예 후계자가 없는 경우일 뿐.

하지만 버젓이 전노군 유장한의 적자 아수라 유달이 살아 있는 이 마당에 이단은 그런 생각일랑 꿈도 꾸지 않았다.

하지만 세상 사람들은 그렇게 생각하지 않았다.

무엇보다 수라방을 구성하고 있는 표국의 국주들이 이단을 그냥 놔두지 않았다. 그리고 그 선두에는 표국 국주들 중에서 최고 연장자인 녹수(綠樹)표국의 국주가 있었다.

전노군 체제 아래에서는 사천사패까지 올라온 수라방이지

만, 전노군과 동시에 후영한조까지 잃고 나니 방의 구심점이 없었다. 처음부터 전노군 한 사람에게 의지했던 곳이니, 이런 위기 상황에 대처 능력이 떨어지는 것이 당연한데다 역사마저 짧다 보니 뒤를 받쳐 줄 저력 또한 다른 곳보다 밀렸다.

뿌리가 깊지 못하면 기둥이라도 튼실해야 한다.

그러므로 강한 사람, 수라방의 모든 이가 믿고 의지할 수 있는 사람이 있어야 했다. 그리고 지금 상황에서 이단만 한 인물은 어디에도 없었다. 수라방으로서는 피할 수 없는 선택이었다.

그것을 알기에 이단은 착잡한 마음으로 손님들을 맞았다.

그리고 시간이 갈수록 이단에게 인사를 하는 손님은 늘어만 갔다.

이단의 눈길이 썰렁하게 비어버린 전노군의 자리를 살폈다.

이제는 아수라마저 안 보였다.

—못할 것은 또 무언가?

사람들이 자꾸 그를 들먹이니, 그의 속마음도 은근슬쩍 지워 버렸던 옛 꿈을 자꾸만 떠올렸다.

이단은 그것은 옳은 것이 아니라며 애써 그 마음을 지우려 애를 썼다.

—후계자는 자고로…….

입맛이 썼다.

아수라는 멀찍이 떨어진 곳에서 은색으로 빛나는 금속성의 눈빛을 흘리고 있었다.

"흥!"

절로 코웃음이 튀어나왔다.

후영한조 정운의 영정에 조의를 하고, 상주 이단에게 문상을 하는 조문객들의 행동에서 그들의 속마음이 뻔히 보였다.

어떻게 하면 이단에게 조금이라도 잘 보일 수 있을까, 어떻게 하면 눈도장을 박아둘 수 있을까 하는 그들의 속내가 고스란히 읽혔다.

"그래, 너희들끼리 잘해보라고 그래."

아수라는 다시 한 번 코웃음을 치면서 몸을 돌렸다.

더 이상 자기를 반기지 않는 사람들 속에 섞여 있기가 싫었다.

아수라는 이제는 빈집처럼 싸늘한 기운마저 풍기고 있는 수라방으로 향했다. 다음 무공을 익히기 위해서였다. 유령환보는 내 행적을 감출 수 있는 보법이고, 투형색원시는 상대의 행동을 통해서 그의 진심을 읽는 기공이다. 그리고 아수라는 현일육방도에 담겨 있는 세 가지 무공 중 유령환보에 이어서 투형색원시까지 익혔다. 이제는 마지막으로 가사몽습지혜를 익힐 차례다.

문상객으로부터 난감한 질문을 받은 이단은 선뜻 대답을 못하고 양손으로 관자놀이만 짚은 채로 인상을 구기고 있었다. 어떻게 대답해야 할지 알 수가 없었다.

　"아무래도 지금 이 상황에서 아수라가 함께 가기는 무리겠지? 그래, 나도 그렇게 생각하네."

　용성표국 국주의 질문은 이단이 답할 성질의 것이 아니었다.

　금백점에서 곧 화물을 끌고 상단이 출발한다. 그 천하제일 전장이라는 만금장으로 가는 상단이다. 게다가 그 상단에는 금백점주의 딸이 동행한단다.

　이 상단의 호위를 용성표국에서 표행을 맡았다. 그것도 전 노군의 이름으로 맡은 표행이니 용성표국에서는 거저먹는 표행이었다.

　게다가 그 표행에 아수라가 동행하기로 되어 있었다. 그리고 그것은 전노군이 결정한 약속이었고.

　그 표행이 내일 날이 밝으면 출발해야 한다.

　덕분에 용성표국만 난감해졌다. 전노군의 말만 믿고 표행 준비에는 신경을 쓰지 않았기 때문이다.

　사실 이번 상단의 표행은 용성표국이 맡기에는 벅찬 규모였다. 천하의 만금장에 가는 상단이요, 사천에서 손꼽히는 금백점에서 출발하는 상단이다. 게다가 금백점의 여식인 화란(華蘭) 소저까지 함께 가는데…….

하지만 수라방 방장 전노군의 이야기를 들은 용성표국 국주는 그 자리에서 이 표행을 맡기로 했다.

수라방 방주의 아들이자 화산파의 기명제자인 아수라가 표행을 나가는데 설마 누가 표물을 노릴까! 용성표국이 할 일은 이번 표행에는 아수라가 동행한다고 소문만 내고, 수라방기와 아수라의 깃발만 치켜들고 가면 되는, 땅 짚고 헤엄치는 수준의 일이었다.

그런데 전노군이 죽었다.

상주가 어찌 장례식장을 비울까! 정작 표행은 나가야 하는데, 아수라가 못 가게 생겼다. 그러니 용성표국의 국주만 난처해진 셈이다.

용성표국의 국주는 어떻게 해결 방법이 없을까 이단을 찾아왔지만, 그라고 해서 뾰족한 수가 있을 리 만무했다.

"하지만 청사군이 있지 않은가? 아수라야 상주라 못 움직인다지만 청사군은 전원이 아니라도 부군장 선규의 지휘 아래 표행에 동참할 수 있으리라 보네. 다른 사람은 몰라도 자네 말이라면 청사군 모두 이의없이 따를 것이라고 보는데…… 어떤가, 자네 생각은?"

처음 그와 이야기를 할 때에는 아수라가 못 가니 이단의 표행 의사를 묻고자 하는 줄 알았는데, 그게 아니다. 지금 용성표국의 국주는 청사군의 운용, 즉 수라방 방장의 권한에 관한 사항을 이단에게 묻고 있는 중이다.

"그건⋯⋯."

이단은 여전히 양손 엄지로 관자놀이를 문지르며 말을 얼버무렸다.

머리가 지끈거렸다. 마음속으로 자꾸만 딴생각이 떠올랐다.

그에게 집중된 사람들의 시선도 알 수 있었다. 거기 모인 모두가 그를 바라보고 있었고, 그의 다음 한마디를 기다리고 있었다.

이단은 심호흡을 했다. 그 순간에 하단전에서 출발한 진기가 백회혈까지 올라갔다가 다시 회음혈을 지나 원래 출발한 곳으로 되돌아갔다. 뜨거운 기운이 머리에 활력을 심어주었고, 그의 두뇌는 빠르게 돌아갔다.

"그것은 방장께서 정하셔야 할 일입니다. 방장의 유고 시에는 당연히 국주회의에서 결정할 사항이지요."

"알지, 알아. 누가 그것을 모르나? 하지만 국주회의에서 결정했다 하더라도 정작 청사군이 수용하지 않으면 아무 소용없는 일 아닌가? 내 그래서 자네에게 이야기를 하는 것일세. 국주들의 의견은 내가 어찌어찌해서 얻어낼 수 있으니, 자네가 청사군을 좀 설득해 주게. 이 표행, 못 나가면 용성은 망하고 말아!"

용성표국의 국주는 이단의 손을 잡고 사정을 했다.

그의 말을 듣는 동안, 이단은 표정을 관리하느라 애를 썼다.

당했다.

표국 국주들이, 특히 녹수표국의 국주께서 용성표국 국주와 한번 이야기를 해보라고 할 때까지만 해도 이런 일일 줄은 몰랐다.

이것은 이단이 청사군을 설득할 수 있는가, 없는가의 단순한 문제가 아니다. 만약 이단이 청사군을 설득한다면 그의 영향력을 입증하는 셈이고, 결국 그는 수라방의 차기 방장으로 한 걸음 다가서는 꼴이다. 이것은 그에게 차기 방장을 맡기기 위한 표국 국주들의 의견인 셈이다.

자꾸만 '이것이야말로 좋은 기회'라는 생각이 들어서 정신이 산란했다. 그것은 마음속에서부터 들려오는 외침이었다.

이단은 난처한 표정으로 백발의 노인을 찾았다. 국주들 중에서 최고 연장자인 녹수표국의 국주가 바로 그였다. 마침 그는 아수라 덕분에 두 아들을 한꺼번에 잃은 용천표국의 국주와 이야기를 나누던 중이었는데, 이단으로부터 전후 사정을 들은 그는 조용히 고개를 끄덕였다. 용성표국 국주의 제안을 받아들이라는 뜻이다.

이단의 머리는 빠르게 굴러갔다.

수라방 방장이 되는 것이 싫은 것은 아니지만, 이런 식으로는 싫었다. 마치 주인 없는 자리를 빼앗는 것 같고, 남의 불행을 자신의 횡재로 이용하는 것 같아서였다.

하지만 그것이 그의 생각의 전부는 아니었다.

자꾸만 딴생각이 떠올랐다.

―아니이, 그러면 안 되는 이유가 뭔데?

마음속 깊은 곳에서 마치 악마의 속삭임처럼 다른 생각이 자꾸만 대가리를 들이밀고 있었다. 처음에는 한두 마디의 글자만 떠오르더니, 이제는 완전히 하나의 완성된 문장이 되어서 그의 귀에 대고 속삭인다.

이단은 관자놀이를 쥐어짜면서 머리를 흔들었다.

결정했다. 이단은 자신이 나서는 대신에 선규와 용성표국 국주의 만남을 주선하기로 마음먹었다. 그전에 먼저 아수라에게 일이 이렇게 되었다고 알려주는 게 먼저였다.

이단은 일단 아수라를 불렀다.

순간 두 사람의 표정이 일그러졌다.

하나는 아수라요, 다른 하나는 용성표국 국주였다.

용성표국 국주는 바로 곁에 아수라가 있다는 것을 모르고 있었기에 놀랐고, 아수라는 자기가 곁에서 엿듣고 있다가 들켜서 당황하고 있었다.

이번에도 여지없이 유령환보가 깨졌다.

어떻게 깨졌을까?

아수라는 인상을 잔뜩 찡그렸다가 황급히 표정을 바꾸고

이단 곁으로 다가왔다.

"무슨 이야기들인가? 어라? 용성표국 국주 아니십니까? 용성표국 국주께서는 표행 준비 안 하시오?"

용성표국의 국주는 기침을 하며 딴청을 피웠다. 순간 이단은 일그러지는 표정을 바로잡으려고 애를 쓰는 용성표국 국주의 내심을 읽을 수 있었다. 이단의 결정이 그에겐 생각 밖의 일이었으리라. 아마도 그가 이렇게 말하면, 냉큼 집어먹으리라 생각을 했을 테지. 하지만 이단은 그렇게 하지 않았다.

이단이 읽고 있는 것을 아수라도 느끼고 있었다.

투형색원시 때문이다.

눈에 보이는 것이라고 해서 다 진짜가 아니다.

그 안에 감추어진 속내는 무엇인지 알 수가 없다.

그것을 읽어내는 것이 바로 투형색원시!

투형색원시를 익힌 덕분에 아수라는 용성표국 국주의 내심을 읽을 수 있었다.

'오호!'

아수라는 투형색원시의 또 다른 효능을 깨닫고 있었다.

순간, 아수라는 실눈을 뜨고 이단을 바라보며 음흉한 미소를 지어 보였다.

'네놈도 투형색원시를 익혔군!'

그랬다.

아수라의 유령환보가 이단에게만 발각되는 이유는 바로

그것 때문이었다. 아수라의 유령환보는 '본질을 꿰뚫어 보게 하는 눈', 투형색원시에 의해 분석되고 있었다.

아수라의 표정에 담긴 뜻을 이단도 읽었다.

'너도!'

이단은 굳은 표정으로 용성국주의 말을 옮겼다. 그리고 아수라는 음흉한 미소를 지으며 이단의 말을 듣는 척했다.

이단은 한숨을 내쉬었다.

용성표국의 국주가 뭐라 하든 말든, 그리고 아수라가 무슨 생각을 하든 말든, 이단은 차분한 목소리로 상황을 설명해 주었다. 그것이 제 할 도리라고 생각했다.

"가지."

아수라는 짧게 한마디만 토했다.

이단의 설명이 채 끝나기도 전에 내뱉는 아수라 유달의 말에 순간 이단과 용성표국의 국주 두 사람은 아연 당황하지 않을 수 없었다.

"아버님 영정을 붙잡고 있으면 밥이 나오나, 돈이 나오나? 산 사람은 살고 죽은 사람은 잊어야 하는 것 아닌가? 이미 예정된 일이었으니, 가도록 하지."

용성표국 국주는 자신이 잘못 들은 것은 아닌가 다시 한 번 확인했다.

"그래도 아직 장례식이 끝나지 않았는데……."

아수라는 이참에 잘되었다는 것처럼 머리에 쓰고 있던 베갓을 훌떡 벗어서는 이단에게 내밀었다.

"내일 새벽, 상여가 나가는 즉시 상단도 출발하기로 하지. 그때부터는 자네가 두 분을 모시게. 어차피 아버지는 위에, 후영한조는 아래에 장묘할 것 아닌가? 나는 내일 출발하는 상단을 쫓아가야 할 테니."

아수라는 용성표국의 국주를 위아래로 훑어보았다.

"뭐, 잘못된 거라도 있소?"

"아, 아니. 우리야 약속대로 아수라가 함께 가준다면 좋은 일이지."

"카하하함……."

아수라는 가래 끓는 기침을 하며 제자리로 돌아갔다.

용성표국 국주는 안도의 한숨을 내쉬었고, 이단은 인상을 구겼다. 또 일이 엮였다.

단지 그뿐만이 아니었다.

그의 마음속 깊은 곳에서 또 다른 목소리가 들려왔다.

―바보, 줘도 못 먹냐!

마음속에 울리는 속삭임에 이단은 다시 한 번 한숨을 내쉬었다. 며칠 전부터 들리는 목소리가 그의 마음을 더욱 심란하게 만들었다. 그것은 다른 사람이 아니라 바로 이단 자신이었다.

*　　　*　　　*

녹수표국의 국주들과 환담(?)을 나눈 용비교 시보는 용성표국의 표행에 관한 소식을 듣자마자 곧장 여일위를 찾았다.

"아수라가 간답니다."

용비교 시보의 말에 여일위는 잠시 멈칫거렸다. 아수라의 결정이 그의 예상과 달랐기 때문이다. 하지만 이내 시선을 보고 있던 문서로 옮겼다.

"그런다고 뭐가 달라지겠습니까."

시보도 고개를 끄덕인다. 여일위의 말에 동의한다는 뜻이다.

"그렇지 않아도 사람들은 아수라가 모든 것을 낭왕에게 떠맡기고 도망을 치고 있다고들 이야기합니다."

"어쩌면 그것이 사실일지도 모르지요."

여일위는 보고 있던 서류에서 눈을 들었다.

"어쩌면 또 그 반대일지도 모르는 일이구요."

여일위의 말에 용비교 시보는 입을 다물었다.

둘 다 가능성있는 이야기다. 아수라가 달아나는 것일 수도 있는 것이고, 이단이 수라방을 차지하기 위하여 아수라를 내쫓는 것일 수도 있는 일이다.

"어쨌거나 결과는 매한가지 아닙니까! 세대교체지요. 어차피 강호는 능력있는 자들이 차지하는 것입니다."

시보는 여일위의 말을 긍정할 수 없다는 듯 고개를 좌우로 흔들었다.

"그렇다고 해서 그것이 옳다는 말은 아닙니다."

여일위는 고개를 들고 말했다.

"힘있는 것이 옳은 것입니다."

잠시 심호흡을 한 시보는 나지막한 목소리를 토했다.

"옳은 것이 힘을 가져야 합니다."

두 사람은 잠시 말이 없었다. 하나의 결말을 향해 달리는 두 사람의 사소한 의견 충돌이다. 말 그대로 사소한 충돌이지만, 각자 견해의 간극을 확인할 수 있는 중요한 순간이기도 했기에, 그리고 동일한 결말을 향해 달리고 있지만 서로 지향하는 바가 다르다는 것을 알려주는 순간이기에 둘은 그렇게 말이 없었다.

큰 기침 한 번으로 여일위는 어색한 분위기를 바꿔보려고 했다. 지금 말하려는 이것도 그것 못지않은 중요한 이야기였다.

"아, 저도 한 가지 소식이 있습니다. 그 사람, 백제성을 지나 무산으로 들어갔습니다. 혹시……."

여일위의 말에 시보는 눈살을 찌푸렸다.

"백제성이요? 병가보를 갔더란 말입니까?"

여일위는 보일 듯 말 듯한 미소를 지으면서 고개를 흔들었다.

"아니요. 보에는 들르지 않았습니다. 뿐만 아니라 보에서 그의 행적을 알지 못하도록 멀리 돌아서 지나쳤습니다."

용비교 시보는 여일위의 말을 믿을 수가 없었다. 시보의 찌푸린 표정에 여일위는 보충 설명을 해야만 했다.

"백제성은 우리 병가보의 영역! 보주는 그이지만, 보의 눈과 귀는 제 것입니다. 게다가 명색이 병가보의 보주 아닙니까! 백제성 사람이라면 한 번 본 적 없는 황상은 몰라도 병가보 보주는 알지요. 하지만 거기까지. 아쉽게도 그 뒤의 종적은 아직 찾지 못했습니다. 그래서 말인데……."

용비교 시보는 날카롭게 눈을 빛냈다.

"백제성까지 가면서도 병가보는 들르지 않았다? 단지 자신의 행적을 감추기 위해서만은 아닐 듯한데요. 무산이라… 어쩌면……."

"맞습니다. 아무래도……."

소패성 여일위는 자기도 모르게 주먹을 불끈 쥐었다.

"그가 감추어놓은 한 수를 뽑은 것 같습니다."

용비교 시보의 얼굴에 잔잔한 미소가 그려졌다. 드디어 끝이 보이고 있었다. 그동안 용비교 시보는 자신의 추리와 여일위의 상상을 맞춰보기 시작했다.

"등패군의 외조부 되시는 병가보 전 보주의 사망부터 검각의 각주의 돌연사에 대한 비밀은 몇십 년째 미해결 사건으로 남아 있습니다. 뿐입니까? 정작 병가보를 차지한 여 보주의 출신 성분 역시 모르고 있지요. 하지만 이들의 공통점이 한 가지 있습니다."

"무산 삼협!"

시보가 고개를 끄덕였다.

"병가보, 북으로 쫓겨난 원(元)의 잔당들을 없애기 위해 만든 군벌이 그 시원이지요. 병가보가 백제성에 자리 잡은 이유 또한 그 때문이고……. 병가보는 사천의 입구에서 사천을 지켜보고 있었습니다. 하지만 만약 병가보의 적이 사천의 등 뒤에 있다면?"

여일위의 얼굴이 무거워졌다.

시보는 힘을 주어 고개를 끄덕였다. 이제 그자는 뿌리를 드러내기 시작했고, 드디어 끝이 보였다.

"맞습니다. 무산입니다. 모든 것이 그곳에서부터 시작했던 것입니다. 갈왕 동파는 또 어떻고요! 무산을 지나 내려온 그자 역시 출신 성분은 알려진 바가 없습니다."

시보는 자기도 모르게 여일위의 손을 맞잡았다.

"이제는 모든 역량을 동원해서 무산으로부터의 동태를 살펴야 할 때입니다."

여일위의 목소리에 힘이 들어갔다. 제 할 일이 생겼다.

"무산은 병가보가 있는 백제성과 가깝습니다. 병가보로 하여금 무산의 동태를 살피라고 하겠습니다."

여일위의 결정에 시보는 속으로 쾌재를 불렀다. 여일위가 건재한 이상, 병가보는 걱정할 일이 없었다. 병가보의 껍데기는 그가 갖고 있지만, 알맹이는 여기 여일위가 쥐고 있었다.

그에게 남은 것이라곤 이제 정무련이라는 것인데…….

정작 문제는 정무련 안, 즉 수라방이다. 병가보의 문제는
여일위에게 맡기면 된다. 그럼 정무련을 단속해야 하는 일이
용비교 시보의 몫이다. 놈이 뿌리를 드러냈으니 망설일 틈이
없다. 그럼 수라방은? 시보는 급히 자리에서 일어났다.

"어쨌거나 방은 그에게 맡겨야 합니다. 그래야 사패 체제
를 유지할 수 있습니다."

여일위가 덩달아 일어났다. 배웅하기 위해서였다.

"그들로서는 대안이 없으니까요. 이제는 안에 있는 사람이
든 밖에 있는 사람이든 누가 보더라도 그가 중심……."

시보는 여일위에게 자신을 믿으라는 듯이 힘을 주어 고개
를 끄덕였다.

"날을 정해서 그를 만나보는 게 좋겠습니다. 제가 그 자리
를 마련하겠습니다."

"부탁드리겠습니다."

여일위는 깊숙이 고개를 숙였다. 그리고 문 앞까지 나와서
시보를 배웅했다. 그렇게 여일위는 총관을 대하는 데 예를 다
했다.

시보도 깊은 눈길로 여일위의 정성에 감사의 예를 표했다.

둘은 아직 할 일이 많았다. 생각은 달라도 원하는 결말은
같았기에 두 사람은 아직 여정을 함께할 수 있었다. 상황은
급박하게 돌아가고 있었다.

취왕 장홍란은 문상이 끝나는 대로 출발할 생각이었다.

하지만 어디 세상만사가 생각대로 되는가 말이다. 이것저것 준비를 하느라 지체되는가 싶더니, 결국 날이 저물고 말았다.

무엇보다 장홍란은 성도 인근에서 만난 정체불명의 고수에 대해 이단에게 이야기를 해야 하나 말아야 하나를 고민하고 있었다.

아직은 상중이다.

상여가 나갈 때까지 이단은 정무련을 떠날 수 없으리라.

장홍란은 그럼 그 이야기는 그때 해도 늦지 않으리라 생각했다.

결국 장례식이 끝날 때까지 정무련에 남아 있어야 했다.

취왕 장홍란은 어쩔 수 없는 일이라고 생각했다.

이단과 정무련을 위해서라면 그때까지 기다려야 했고, 검각의 소공녀로서 장례식에 참석하는 것도 나쁘지 않으리라. 장홍란은 그렇게 생각했다.

그리고 장례식은 내일 끝이 나니까 하루쯤이야, 뭐…….

아수라 유달은 다음날 출발 예정인 금백점의 표행을 위한 준비가 한창이었다. 상주인데다 장례식이 아직 끝나지도 않앉는데 말이다.

그에게 문상객이나 관 속에 누워 있는 제 아비는 관심 밖인 듯했다.

오로지 그의 관심을 끌고 있는 것은 현일육방도에 담겨 있는 무공뿐이었다.

'그러니까 청성산에서부터 아미산까지 이단은 관 속에 들어 있었단 말이지? 그리고 이단은 유령환보, 투행색원시에 이어서 가사몽습지혜까지 완성했고. 왜일까? 해를 보면 안 되는 것인가? 아니면 외부와 차단된 상태에서의 수련이 속성 수련법인가? 어쨌거나 가사몽습지혜는 관 속에서 완성한 것이 분명해!'

그리고 그것을 먼저 익힌 이단의 수련 과정에 대한 것뿐이었다.

"관이 필요하겠군."

유달은 준비물들을 확인했다.

수레, 수레를 끌고 갈 말과 수레에 실어놓은 관까지, 필요한 준비물은 다 갖춘 듯했다.

*   *   *

서로 다른 이유를 가지고 사람들은 성도로 몰려들었다. 그리고 성도로 올라오는 사람 속에는 당방혼―당방현 남매와 실명객도 포함되어 있었다.

두 당씨 남매는 곧장 유리축수 모택근의 모기장으로 들어갔다.

사라졌던 두 남매가 성한 모습으로 돌아오자 장로 당파추는 발끈해서 소리를 질렀지만, 가주 당초석은 조용히 그들 일행을 맞이했다.

"못난 자식들 때문에 귀공께서 고생이 많으셨네."

당초석은 당방혼과 당방현을 당파추에게 떠넘기고, 자신은 실명객에게 가벼운 인사말로 모든 것을 대신했다. 실명객 또한 그것을 당연하다는 듯이 받아들였다.

실명객은 포권으로 정중하게 예를 표하는 반면, 사천당가의 가주는 간단하게 고갯짓이 전부였다.

이건 누가 보더라도 당초석이 상전인 모습이었다.

그런데 모기장 소속의 실명객은 그것을 당연하다는 듯이 받아들이고 있었고.

당방혼은 두 사람의 인사를 놓치지 않고 바라보았다.

당파추가 소리를 지르며 두 사람을 안으로 몰았지만, 한동안 당방혼의 눈길은 실명객의 곁을 떠나지 않았다.

그는 분명 사천당가 사람이다.

아니, 당가 사람이었다. 그리고 그것을 가주 또한 알고 있다.

그럼 누구란 말인가?

"오빠, 힘들어."

때마침 들리는 당방현의 목소리가 당방혼을 흔들었다.

그것을 안 실명객이 부드럽게 눈짓으로 인사를 건넸다.

이제 다 끝났다는 뜻일까, 아니면 내 할 일은 다 했으니 이제 너 하기 나름이라는 말일까?

당방현이 피곤함을 무릅쓰고 환하게 미소를 지으며 실명객에게 감사의 인사를 전했다.

당방현은 잠시 망설였다. 그냥 이 정도면 되는 것일까? 실명객이 그녀의 목숨을 살린 게 몇 번인데……. 그나저나 그는 전생에 무슨 인연이라고 그렇게 그녀를 쫓아다니며 온갖 고생을 마다한 것일까?

당방현이 망설이는 사이에, 어느새 실명객은 몸을 돌렸다. 덕분에 당방현은 그에게 감사의 인사를 전할 시기를 놓쳤다.

'뭐, 가기 전에 인사하면 되는 거지.'

그때 당방혼은 볼 수 있었다. 실명객의 피처럼 붉은 철가면 밑으로 물방울이 반짝이는 것을 말이다.

당방혼은 이제 그가 누구인지 확신할 수 있었다.

사천당가 사람이었으되 이제는 외지 사람, 가주가 그것을 인정할 수 있는 사람. 그럼 사천당가에는 죽은 것으로 알려진 사람이다. 그리고 당방현을 제 자식처럼 아낄 수 있는 사람.

당방혼도 조용히 묵례를 취했다.

실명객이 고개를 끄덕였다. 너를 믿는다고 말하지 않아도 그것으로 충분했다.

당방흔과 당방현, 두 사람을 모기장으로 안내한 실명객은 그 길로 곧장 정무련으로 향했다.

곧 날이 밝으면 상여가 나간다는 소리에 문상을 할 시간이 그때밖에 없기 때문이었다.

장례식도 끝이 나면 사천당가도 다시 민산으로 돌아가리라. 그들이 돌아가기 전에 실명객은 이단을 만나야 했다. 그래서 실명객은 발걸음을 서둘렀다.

얼굴에는 피처럼 붉은 철가면에, 다시 그 위로 먹처럼 까만 방갓을 눌러쓴 실명객을 맞은 이단은 멈칫거렸다.

기억은 안 나지만 아는 사람이다.

누굴까?

"모기장에서 나오셨다고요?"

배첩을 받은 이단은 그를 다시 한 번 확인했다.

"오랜만이구나."

역시 이단이 아는 사람이었다. 그 또한 이단을 아는 사람이고.

모기장의 사람이라면 이단이 아는 사람이라곤 장주 모택근뿐이다. 하지만 이 사람은 그와 인연이 있는 사람. 이단은 사 년 전 모택근의 호위를 나갔을 때의 기억을 더듬었다.

이단은 빙그레 미소를 지었다.

"살아 계셨구려."

검은 방갓이 슬쩍 흔들렸다.

"쉽게 알아차리는군."

"쉽지는 않았습니다. 기세와 기운이 많이 바뀌었으니까요."

이단은 실명객을 따라 걸음을 옮겼다.

"사실 부탁이 하나 있네."

이단은 가볍게 고개를 끄덕였다. 부탁을 들어주겠다는 이
야기가 아니라 들어나 보자는 뜻이리라.

"자네가 민산에서 아미산까지 사천을 종단하는 동안 현아
가 내내 자네 뒤를 쫓았다는 것은 알고 있나?"

이단은 희미하게 고개를 끄덕였다.

자세히는 모르지만 들어서 알고 있었다. 전날 사천당가의
조문을 받으면서 간단히 들은 이야기였다.

하지만 그게 자신과 무슨 상관인가?

이단은 미리 선을 그었다.

"들으셨으리라 생각합니다만, 저는 이미 정혼한 사람이 있
습니다."

실명객은 알고 있다는 듯 바로 대답했다.

"아네. 홍주산에서 자네가 차가람 소저와 개선하는 광경을
목격했지. 잘 어울리더군. 그 녀석, 사 년 전에 자네를 봤을
때부터 자네를 마음속에 담아두고 있었나 보이."

이단은 내심 안도의 한숨을 내쉬었다. 그것을 아는 실명객
이 당방현을 책임지라거나 하는 소리는 안 할 테니까.

─영웅호색이라는데, 왜 안 돼?

이단은 마음속에 들리는 소리에 인상을 찡그렸다.

"어디 아픈가? 안색이……."

실명객이 걸음을 멈추고 이단의 표정을 살폈다.

이단의 별일 아니라는 말에 실명객은 어렵게 제 이야기를 꺼냈다.

"행여 기회가 된다면 흔아를 도와주게."

"흔아라면……."

"당방흔. 자네와 손을 겨룬 적이 있다던데, 바로 내 조카 말이네."

"아!"

이단은 자기도 모르게 짧게 신음 소리를 흘렸다. 뜻밖이었다. 실명객이 당방현이 아니라 당방흔을 부탁했다.

실명객이 짧게 설명을 이었다.

"만약 내게 신세를 졌다고 생각하나? 그럼 방흔이를 봐주게. 그것이 곧 방현 그 아이를 위하는 길이니까. 내가 하고 싶은 부탁은 그것일세."

신세를 졌냐고?

일방적으로 신세를 진 게 아니라 주고받았다. 이단은 당방현을 구했고, 그들 부부는 그 두 사람을 구하기 위해 목숨을 바쳤다. 이단은 잃은 것이 없지만, 그들 부부는 한 사람은 삶을 마감했고 실명객은 가족을 잃었다. 결과적으로 이단은 그

들이 목숨을 구해준 꼴이다. 실명객이 만약이라고 말한 것은
그것을 가리킨 것이었다.

　죽은 사람 소원도 들어준다는데, 목숨을 구해준 사람의 부
탁 하나 못 들어줄까!

　—맨입으로?

　마음속에 들리는 목소리에 이단은 자기도 모르게 피식 실
웃음을 흘렸다.

　실명객의 걸음이 멈춰졌다.

　이단의 실웃음에 기분이라도 상한 것일까?

　이단은 정색을 하고 물었다.

　"당방혼이 용납할까요?"

　쉽지 않은 일이다. 이단과 당방혼은 벌써 한차례 손속을 겨
루었고, 그때 당방혼은 자신이 뿌렸던 담화린을 뒤집어쓰기
까지 했다.

　"이번에 그 녀석이 깨우친 것이 많을 거야. 자네가 손을 내
밀면 마다 않고 잡을 것일세. 부족함도 알고, 자신이 무엇을
해야 하는지도 알 테니."

　"기회가 된다면 힘닿는 데까지 도와드리리다."

　그제야 실명객은 굳은 몸을 풀었다. 붉은 가면 밑으로 드러
난 눈빛도 풀어진 것을 알 수 있었다.

　실명객은 그저 말없이 손으로 잡은 검은 방갓을 위아래로
흔들어 감사를 표했다.

    *   *   *

아미산의 끝자락. 낙산현에서 합류해서 성도로 향하던 일행은 객잔으로 들어섰다.

하루를 쉬지 않고 움직였으니 지칠 만했다. 내일 또 움직이려면 이제는 쉬어야 했다.

그들이 들어선 곳은 인적 끊긴 곳에 들어선 조그만 객잔이라 손님들로 바글바글했다.

하지만 좀 전까지 온갖 잡소리로 건물이 무너질 것만 같던 조그만 객잔이 이들 여섯 사람의 출현으로 일순간 침묵에 빠졌다.

승복을 입은 여승만 다섯이다. 개중에는 벽안에 백인 사미니마저 끼어 있었다. 비구니와 사미니가 그렇게 여러 명이 한꺼번에 나타나는 것도 쉽지 않은 일이지만……

정작 사람들을 침묵하게 하는 것은 차가람의 존재였다. 하얀 백의에 청회색의 조끼처럼 소매 없는 장의―신농계의 복장이다―거기에 풍만한 몸매에 꽃처럼 화려한 얼굴, 그리고 허리에 달랑거리는 만월도까지.

아미산 주변에 소문이 파다한 만월의 마녀를 그들이 모를 리가 없었다.

점소이가 덜덜 떨면서 그들에게 물을 내오자, 노비구니가 가장 먼저 합장을 하며 감사의 뜻을 전했다. 노비구니의 미소를 접한 점소이는 자기도 모르게 안도의 한숨을 내쉬었다. 그리고 같이 합장을 하며 인사를 받았다.

그제야 사람들은 긴장을 풀고 만월의 마녀가 모시는 늙은 비구니가 누굴까 관심이 집중되었다. 나이 어린 사미니가 차를 내서 먼저 자신이 확인을 하고는 늙은 비구니에게 내놓았다. 인자한 미소로 답을 하는 늙은 비구니.

"복호사의 일절 사태다!"

누군가 그녀를 알아보더니 냉큼 바닥에 무릎을 꿇고는 무릎걸음으로 기어나왔다. 그러고는 일절 사태 앞에서 허리를 숙여 청을 올렸다. 이번 일에 축복을 빌어달란다.

한 사람이 그러니까 너도나도 일절 사태를 보러 몰려나왔다. 어느새 조그만 객잔 안에 의자에 앉아 있는 사람이라곤 일절 사태와 그녀 일행밖에 없었다.

소란스럽던 객잔이 조용해졌다.

일절 사태가 있는 곳에서 함부로 불경을 범해서는 안 된다고 생각들을 했는지 다들 목소리를 낮춰가며 조심스럽게 행동했다. 덕분에 번잡스럽던 객잔도 한결 여유로워졌다.

"이렇게 갑자기 떠나도 되겠습니까?"

매련 사미니가 걱정스레 차가람에게 물었다.

"성도에 문제가 생겼다는데, 걱정이 돼서 가만있을 수 있어야지요."

차가람이 한숨을 내쉬었다. 혜민에게 말도 안 하고 나온 것이 미안하기는 했다. 하지만 낭왕 이단에게 문제가 생길 것이라는 생각에 차가람은 가만히 앉아서 소식이 오기만을 기다릴 수가 없었다.

마침 일절 사태를 수행하는 어린 사미니가 차가람에게도 차를 가져다주었다.

"하지만 걱정 마시지요. 신농계에서 해석이나 혜민 동생에게 잘 대해줄 테니까요."

차가람은 다른 사람이 아니라 자신에게 변명을 늘어놓았다.

시간이 조금 지나자 차가람은 일절 사태를 찾았다. 하루 종일 입안에서 맴도는 말을 꺼내지 못했다. 그리고 그것은 지금도 마찬가지였다.

차가람을 보자 일절사태는 이미 알고 있다는 것처럼 부드럽게 미소를 지어 보였다.

"오 년 전에 낭왕을 도우신 적이 있다 들었습니다."

그녀에 대해서는 이단으로부터 들어서 알고 있었다.

일절 사태는 미소로 답했다.

차가람은 그녀의 미소를 보고 용기를 냈다.

"그 도움, 제게도 필요합니다."

일절 사태는 조용히, 그리고 부드럽게 고개를 끄덕였다.

"낭왕에게 준 도움이라는 것이 별게 아닙니다. 그저 이야기 하나를 들려주었을 뿐이지요. 차 시주께서도 들어보시겠습니까?"

망설일 이유가 없다. 차가람은 무릎을 당겨 앉았다.

일절 사태는 오 년 전에 했던 이야기를 다시 꺼냈다.

그녀가 이야기하는 낮은 목소리가 조그만 객잔 안을 침묵 속에 빠뜨렸다. 평생에 한 번 들을 수 있을까 말까 한 아미파 장문인의 강독을 맨입으로 들을 수 있다는 기회를 그들도 놓치고 싶지 않았던 것이다.

일절 사태는 예전에 이단에게 했던 이야기, 금적산수적하 심령관의 해제를 풀어서 늘어놓았다.

객잔 안을 울리는 소리는 일절 사태의 맑은 목소리뿐이었다.

차가람과 해석, 두 사람이 타고 나갔던 배가 해석만 태우고 돌아오자 혜민의 실망은 이만저만한 것이 아니었다.

겨우 믿고 의지할 수 있는 가족이 생겼다 싶은데, 하루도 못 가서 자기를 떼어놓고 사라졌다.

"뭘 그런 것을 가지고……. 나라도 너는 그 험한 곳에 안 데리고 가고 싶었을 거다."

해석의 말에 혜민이 화가 나서 소리쳤다.

"내가 뭘?"

"뻔하잖아. 지금 성도에 가면 피가 튀는 칼부림이 시작될 텐데, 가면 너는 짐만 될 뿐이라고."

"아무리 그래도 그렇지……."

혜민의 목소리가 잦아들었다. 맞는 말이다.

이럴 때는 나서지 않고 참는 게 중요하다.

해석이 혜민을 위로한답시고 그의 어깨에 손을 얹었다.

"걱정 말라고. 네 곁에는 내가 있잖아."

혜민이 뾰로통해서 소리쳤다.

"거지를 어떻게 믿고 살을 맞대고 살라고! 마누라랑 자식 새끼 밥 굶기기 딱 좋지!"

말은 그렇게 했지만, 혜민은 해석의 팔을 풀지 않았다. 반대로 그의 품에 조용히 기대고 있었다.

*　　　*　　　*

하루 정도 충분한 시간을 두고 휴식을 취한 완당군은 다음 먹이를 찾았다.

쉬면 기력이 충전될 줄 알았는데, 그게 아니었다. 목이 마르면 물을 마셔야지, 참는다고 해서 갈증이 사라지는 것은 아니다.

마찬가지였다. 한 번 잃은 기력은 다시 채워질 생각을 안 했고, 여자에 대한 갈증은 더욱 심해져만 갔다.

정말 기운이 없는 것이 아니다. 오히려 기운은 왕성했다. 단지 조갈이 나고, 시도 때도 없이 흥분을 참지 못하고, 한 번 욕구가 일면 채워질 때까지 가시지 않는 것이 문제였다.

이대로 놔두었다가는 나무옹이에다 대고 용두질을 하게 될지도 모르겠다. 시간이 갈수록 상태는 심각해져 갔다.

사실 단순한 문제다. 계집만 품으면 해결될 일인데, 이 깊은 산속에서는 그게 문제였다.

어째 그것은 앵속이나 대마초와도 같았다.

하면 할수록 더욱 자주 찾게 되는, 그리고 다음에는 더 많은 양과 더 높은 품질을 요구하게 되는 그런 것 말이다.

하지만 시골 산골에서 그런 나이도, 잘 여물고 보기에도 맛있는 과실(!)을 찾기는 쉬운 일이 아니었다.

고민 끝에 완당군 여상추는 백제성으로 향했다.

아무래도 미녀는 사람 많은 곳에 있고, 돈 흐르는 곳에 모이는 법이다. 계집 하나 찾으러 산골을 헤매느니 차라리 도성에서 기녀 하나 사는 게 더 쉽고 간단하다.

그리고 무엇보다 이제는 인적이 드문 길만 찾아다닐 필요가 없어졌다. 이번 외유의 목적은 이것으로 충분히 달성된 듯하니까 말이다. 마씨 일족도 불러냈고, 사 년 전에 그에게 몸을 맡긴 놈도 밖으로 끄집어냈다. 이제 가만 놔둬도 그 둘은 알아서 붙을 것이고…….

무엇보다 여상추는 그동안의 세상 소식이 궁금했다.

사 년 동안 쉬었던 놈이 일은 제대로 하고 있을까, 내가 집을 비운 동안 여일위 그놈은 일을 제대로 하고 있을까, 동파 그 철없는 놈은 수련을 제대로 하고 있나 하는 것들이 모두 궁금했다.

여상추는 망설이지 않고 백제성 병가보로 향했다.

역시 세상 소식은 그곳에 가면 얻을 수 있으리라.

그리고 그곳의 주인은 다름 아닌 자기 자신이니까.

"뭐?"

완당군은 자기가 잘못 들은 것은 아닌가 다시 한 번 확인했다. 잔뜩 기대를 안고 왔는데, 병가보에 들어서자마자 그를 반기는 것은 안 좋은 이야기들뿐이었다.

벌써 전노군이 제거되었단다.

바라는 바가 그것이었지만, 진도가 너무나 빠르다. 그자는 풀어놓자마자 하룻밤 사이에 전노군과 후영한조 두 사람 모두 제거해 버린 것이다.

뿐만 아니다.

아수라 유달을 견제하기 위해 보낸 동파는 소식이 끊어졌고, 동파와 유달 대신에 낭왕 이단이 개선장군이 되어 돌아왔다.

"그렇게 그놈을 끌어들이면 안 된다고 했거늘……."

완당군은 혀를 찼다.

첫 단추부터 잘못 끼워진 거다. 놈은 벌써…….

"광마에 이어서 음마에 식마까지라니!"

완당군은 머리를 어디에 들이받은 것 같았다.

잠시 멍한 표정으로 그렇게 가만있었다.

얼마나 시간이 흘렀을까, 완당군은 손가락을 꼽아보았다.

"오마 중에서 셋이 갔다, 이거지? 그럼 둘이 남았는데……."

하나는 지금껏 그에게 갇혀 있다가 그가 풀어놓았다. 그가 풀어놓았으니 다시 잡으면 그만이다. 뿐인가! 놈을 잡을 그물도 꺼내는 중이다. 바로 마씨 일족이다.

다른 하나는 아예 소식을 모르지만, 그건 상관없는 일이다. 사 년 전이나 지금이나 알 수 없는 놈이니까. 아니, 애초에 그런 자가 있는지조차 몰랐다.

완당군은 생각을 바꾸었다.

어쩌면 잘된 일인지도 몰랐다.

식마와 음마야 어차피 없애야 할 것들. 게다가 이번에 풀어놓은 놈이 제 사형제들의 죽음을 그냥 보고만 있을 리가 없다. 그놈도 이단을 찾아갈 것이고, 이단 역시 제 사문의 원수랑 한 하늘을 지고 있을 리 없으리라.

완당군은 입술을 일그러뜨리며 푸들푸들 웃기 시작했다.

"설마 그놈이 이단 그 어린것 하나 처치하지 못할까!"

이단은 그놈이, 그놈은 마씨 일족이, 마씨 일족은 또 자기가! 완벽한 먹이사슬이다.

그 사이에 하나가 끼었을 뿐이다.

바뀐 것은 없다.

완당군은 그렇게 생각하며 손을 비볐다.

아무래도 즐거운 저녁 식사가 될 것 같았다.

第六十四章
그럼 어디 확인해 볼까?

사건 발생 후,
이십사 일.

상여가 나가기 전, 이단은 마지막 문상객을 맞았다.

고적과 고창 형제, 그리고 설아였다.

설아를 본 이단은 아무런 표정 없이 가볍게 묵례만 했다. 그저 묵묵히. 그게 다였다.

하지만 고적은 알 수 있었다.

설아의 감정이 시시각각으로 바뀌고 있는 것을 말이다.

처음 이단을 보았을 때에는 기뻐했고, 이단과 마주 서는 순간 새신랑을 처음 보는 신부처럼 잔뜩 긴장하는가 하면, 지금은 이단의 무미건조한 반응에 잔뜩 실망하고 있었다.

표정이 없는 설아건만, 고적은 그것을 알 수 있었다. 고적의 눈이 설아의 정신과 이어져 있기 때문일까? 설아가 실망하는 순간에 고적은 눈물이 왈칵 솟을 뻔하기까지 했다.

"그렇지 않아도 사람들이 기다리고 있습니다."

이단은 고적과 고창 형제를 청성파 문상객들에게 안내해 주었다.

청성파에서 나온 사람들은 그때까지 정무련을 떠나지 않고 있었다. 이단이 그들에게 고씨 형제가 오고 있다고 했기 때문이다. 반신반의하고 있었는데, 정말 고씨 형제가 왔다.

정무련으로 이단을 찾아온 고적은 아연 긴장하지 않을 수 없었다.

지금이 아니면 안 된다고 설아가 닦달을 해서 무작정 정무련으로 문상을 왔는데, 그곳에 청성파에서 내려온 사람들이 그들을 기다리고 있을 줄은 몰랐기 때문이다.

마침 그들을 기다리고 있던 장로인 칠성검 한사는 고적의 몰골을 보고는 인상을 찡그렸다.

나름 청성파의 이대제자 중에서 손꼽히는 기재요, 기어검 모강이 자신의 내공까지 전수한 영걸이건만, 낭왕에게도 처지고 그것도 모자라 기운도 잔뜩 처져 있었다. 한눈에 보기에도 오는 길에 무슨 일이 있던 것이 분명했다.

한사의 눈에 고적과 같이 있는 설아가 눈에 들어왔다. 고적의 구겨지고 지저분하고 흙먼지까지 뒤집어쓴 차림과는 너무도 대조적인 깨끗한 백의를 걸친 미녀였다. 마치 고씨 형제와 그녀는 일행이 아닌 듯했다. 같은 일행이라면 차림이 비슷할 텐데 말이다.

"어찌 된 거냐? 아니다. 자세한 이야기는 청성산으로 돌아가서 하자."

"아니, 저어……."

고적은 뭐라고 설명을 해야 하나 망설였다.

설아가 고개를 끄덕였다.

"이제 그만 가보세요."

"아, 아니, 그게 아니라……."

고적은 장로 한사에게도, 그리고 설아에게도 뭐라고 말을 해야 할지 알 수가 없었다. 한사에게는 자신의 차림에 대해 설명을 해야 할 텐데 그게 쉽지 않았다. 동파에게 패했다는 말은 목구멍까지 올라오지도 못했다. 또 설아에게는 이제 장로를 쫓아 도강언현 청성파로 돌아가야 한다는 말을 꺼내지 못하고 있었다. 그러자니 할 말이 없어서 이러지도 못하고 저러지도 못했다. 그냥 그러고 있었다.

"괜찮아요. 가보세요. 본인의 부족함은 다른 누구보다 자신이 더 잘 알 테니까요."

순간 고적은 깨달았다. 설아는 알고 있었다. 기어검 모강이 그에게 내공을 전수해 주었지만, 아직 고적은 그것을 자신의 것으로 만들지 못하고 있었다. 깨우침도 부족했다. 고적은 그저 우물 안 개구리였을 뿐이다.

설아의 말에 고적은 용기를 가졌다.

"소저, 제가 가면 소저는……."

눈을 잃게 되는데 어떻게 할 것이냐고 묻고 싶었다. 그런데 차마 말이 안 나왔다.

설아는 장례 준비에 한창인 이단을 향해 얼굴을 돌렸다.

"괜찮나효. 이젠 그가 있으니까요."

설아가 전에 없이 밝은 목소리로 말했다.

왠지 모르게 고적은 그 목소리를 듣는 순간에 가슴이 찡하게 아려왔다.

고적은 알 수 있었다.

설아는 이단에게 다시 눈이 되어달라고 말을 못할 것이다.

설아가 말하더라도 이단이 그것을 받아주지 않을 것이다. 이제 이단에게는 차가람이 있으니까. 차가람은 설아의 눈이 되어주는 이단을 인정하지 않을 것이고, 이단은 설아의 눈이 되어주는 쪽이 아니라 차가람의 배필이 되어주는 쪽을 택할 것이다.

고적은 뭐라고 위로를 해주고 싶었지만 입이 안 떨어졌다.

"진짜 괜찮아. 아무 일 없으니까."

설아가 얼굴을 돌리고 말했다.

고적은 입술을 깨물었다.

"소저, 내가 다시 내려올 때, 그때에도 소저의 눈이 되어드리리다."

설아는 얼굴을 돌린 채 고개를 끄덕였다.

"그래 주면 고맙지요. 하지만 그게 될까요?"

설아의 말에 고적의 얼굴은 싸늘하게 식었다.

표정없기는 설아의 눈처럼 하얀 얼굴 역시 마찬가지다. 이미 설아는 다른 곳, 이단이 있는 곳을 향해 얼굴을 돌리고 있었다. 더 이상 고적은 자신과 상관없는 사람이라는 듯했다.

고적은 다시 한 번 설아의 얼굴을 보고 싶었다.

하지만 설아는 그를 향해 결코 얼굴을 돌리지 않을 것이다. 고적은 알 수 있었다.

잠시 설아의 뒷모습만을 바라보던 고적은 몸을 돌렸다.

그의 등 뒤에는 청성파에서 내려온 사람들이 그를 기다리고 있었다. 이제는 청성파로 돌아갈 때다. 가서 벌어진 일들에 대해 직접 입으로 보고를 할 때였다.

고적이 몸을 돌리자, 기다리던 사람들도 같이 걸음을 옮겼다. 고적은 힘없이 그들의 뒤를 따랐다. 하지만 그것도 채 몇 걸음 가지 못했다. 고적은 가던 걸음을 멈추고 다시 설아를 향해 몸을 돌렸다.

"소저!"

고적은 설아를 향해 성큼성큼 걸어갔다.

"소저, 내가 낭왕과 비교해서 무엇이 부족하오?"

고적의 표정은 여전히 딱딱했다.

솟구치는 분노를 겨우 참고 있었나 보다.

설아는 오히려, 여전히 냉막한 목소리로 되물었다.

"무엇이 부족하냐고요? 그것을 모르나요?"

설아가 드디어 고적을 향해 얼굴을 돌렸다. 북극의 얼음처럼 싸늘한, 살아 있다는 것이 믿기지 않을 만큼 무감각한 얼굴이 거기 있었다.

"내공에서? 전수받은 것조차 자기 것으로 만들지 못하고 있는 당신이지요. 무의의 깨달음에서? 흉내를 낸다고 해서 배운 것이 아니지요. 강호 활동에서? 청성파라는 명패를 떼고 나면 당신에게 무엇이 남죠? 그럼 당신에게 무엇이 있죠?"

고적은 말을 잇지 못했다.

"먼저 자신의 것이 무엇인가부터 찾아보세요. 흉내만 내지 말고, 이름에만 연연하지 말고요."

설아는 더 할 말이 없다는 듯 몸을 돌렸다.

고적은 설아가 더 이상 그를 바라보지도 않는데도 그 자리에 멍하니 있었다.

설아의 한마디 한마디가 비수가 되어 그를 후벼 파고 있었다. 검자루를 움켜쥔 손만 부르르 떨고 있었다.

*　　　*　　　*

날이 밝기도 전인데 정무련의 대문 앞에는 수많은 군중들로 인산인해를 이루었다.

오늘이 바로 수라방의 방주 전노군 유장한과 그의 오른팔이었던 후영한조 정운의 장례식 마지막 날, 두 사람의 시신을 운구하는 날이기 때문이었다.

이제 동녘 하늘부터 서서히 밝아오자, 대문이 열리고 수많은 사람들이 관을 실은 수레를 끌고 나오기 시작했다. 그 뒤로 표국의 국주와 표두들로 구성된 장례 행렬이 뒤를 이었다.

한쪽에는 오늘 표행을 나가는 용성표국이 나와 있었다. 좀 생뚱맞은 문상이지만, 목구멍이 포도청인데 어쩌나! 죽은 사람은 죽었고, 산 사람을 살아야 하니 일을 해야 했다.

장례 행렬이 길게 늘어지며 움직이기 시작했고, 그 뒤로 용성표국의 표사들, 그리고 금백점의 화물과 상단이 붙었다. 상단 맨 끝으로는 장례 행렬과는 어울리지 않는 화려한 마차 한 대가 쫓아왔다.

언제 장례 행렬에서 아수라가 빠져나올까, 용성표국과 금백점은 노심초사 기다리기만 하며 장례 행렬을 뒤따를 수밖에 없었다.

마냥 장례 행렬을 쫓아가기가 답답했는지, 마차 창문이 열리고 젊은 여자가 고개를 내밀었다.

"언제 출발해요?"

내뱉는 말은 문제가 없지만 어투가 문제다. 앙칼진 목소리가 지금 젊은 여자가 화가 단단히 났다는 것을 알려주고 있었다. 나름 운구 행렬 때문에 참고 있었지만 참다 참다 지쳤나

보다.

"조금만 기다리시구려. 곧 아수라가 올 겁니다."

용성표국의 국주가 서둘러 달려와서 마차 안의 젊은 여자를 달랬지만, 한 번 찌그러진 젊은 여자의 얼굴은 쉽게 펴질 기색이 안 보였다. 그나마 다행인 것은 상대가 아수라 유달인지라 더 떠들지 않고 마차 안으로 사라졌다는 점인데…….

그런 용성표국 국주의 마음을 아는지 모르는지 장례 행렬은 그들 앞을 지나갔고, 운구 행렬의 꼬리가 멀어질 때까지 유달은 나타날 기색이 안 보였다.

그렇게 되니까 조바심이 이는 사람은 용성표국의 국주였다.

아수라가 표행에 나가겠다고 해서 안심을 하고 있었는데 정작 유달은 나타날 생각을 안 했다. 벌써 장례 행렬은 끄트머리가 저만치 멀어지고 있었다.

이제는 운구 행렬의 동태를 살피라고 보냈던 표사들도 빈손으로 돌아오고 있었다.

용성표국 국주는 더 이상 참을 여유가 없었다. 오늘 예정된 객잔에서 묵기 위해서는 이제는 출발을 해야 할 때였다.

마지막으로 상단이 출발했다는 이야기라도 남겨야겠다는 생각에 용성표국 국주는 상단을 출발시켜 서둘러서 운구 행렬을 따라잡았다. 그리고 발 빠른 말을 이용해서 이단에게 소식을 전했다. 상단은 아수라 없이 그냥 출발하겠다고 말이다. 그것이 그가 취할 수 있는 전부였다.

파발을 통해 용성표국의 이야기를 들은 이단은 인상을 찡그렸다.

보지 않아도 아수라의 생각을 읽을 수 있었다. 이단이 어떻게 하나 지켜보고 있으리라. 약속은 아수라가 했지만, 책임은 이단이 져야 한다. 용성표국 국주는 이단에게 도움을 청했고, 이단이 아수라를 가도록 조치를 취한 셈이니까 말이다. 이런 사건 하나 해결 못하면, 세상 사람들은 이단이 수라방의 방장 자격이 없다고 생각할 것이다. 아수라는 지금 그것을 손 놓고 지켜보고만 있었다.

—어쭈!

자기도 모르게 코웃음이 나왔다.

지금 누가 누굴 시험한단 말인가? 이건 자격 없다고 집에서 쫓겨난 놈이 새 집주인의 자격을 따지는 꼴이다.

이단은 망설이지 않고 말고삐를 늦췄다. 이단의 뜻을 알아듣고는 말이 앞으로 내달렸다.

이단은 후영한조 정운의 관을 떠나 전노군의 상여로 향했다.

"아수라!"

이단이 부르는 소리에 아수라가 뒤를 돌아봤다.

아수라의 눈에 말을 달리는 이단이 보였다.

그제야 생각이 났다는 듯 아수라는 이마를 두들기며 혀를 찼다.

"아, 이런, 이런. 맞아, 맞아. 아니이, 난 낭왕이 안 오기에 나 말고 다른 사람을 구한 줄 알았지!"

아수라가 핑계를 둘러댔다. 곧 죽어도 제 책임은 아니란다.

—저놈이 별수 있어?! 그러니 제집에서 쫓겨나지.

"아수라께서 약속을 했으니까!"

이단은 마음속에서 들리는 소리를 그대로 내뱉을 만큼 멍청하지는 않았다. 그 생각을 감추기 위해 이단은 되도록 굳은 표정으로 말했다.

"속으로는 무슨 소리를 하는 건가?"

순간 이단은 깨달았다. 아니, 다시 한 번 확인했다. 아수라, 유령환보에 이어서 이제는 투형색원시까지 익히고 있다.

"그건 피차 마찬가지!"

이단은 말 머리를 아수라가 타고 있는 말 곁으로 바싹 붙였다. 그리고 속삭였다.

"나를 욕보인다고 그러나? 그래, 욕보이는 것은 가능하지. 하지만 그러면 그럴수록 수라방 방장 자리는 멀어진다는 것은 알까 몰라."

이단의 말에 아수라의 얼굴이 굳어졌다.

맞았다.

무리를 해서 상주인 아수라를 표행에 내보내는 것은 이단의 무리수라 하겠다. 결국 그 책임은 이단이 져야 할 것이다.

하지만 아수라 역시 그것으로부터 완전히 자유로운 것은 아니다. 오히려 아수라가 짊어져야 할 부담이 더 클 것이다.

표사로서 표행에 끼겠다는 약속을 어긴 셈이다.

제 한 몸, 제 입으로 한 약속도 손바닥 뒤집 듯이 뒤집는 놈을 누가 믿고 표행을 맡긴단 말인가? 표행도 못 맡기는데 어찌 수라방을 맡길 수 있을까!

이번 표행에 나가지 않으면 아수라는 영원히 수라방 방장 후보의 대열에서 이탈하게 될 것이다.

아수라는 이를 갈았다.

"그럼 당신 맘대로 해!"

이단은 천천히 말을 뒤로 뺐다. 운구 행렬의 선두에 있던 아수라는 점차 멀어져 갔고, 이단과의 거리도 멀어졌다. 이단의 뒤로 용성표국의 국주가 보였다.

"낭왕!"

아수라가 소리를 질렀다.

"장례의 마지막은 네가 맡아라! 나는 아버지의 약속을 지키러 가야 하니까!"

이단은 아수라가 던진 건을 받아 들었다.

아수라는 그렇게 장례 행렬에서 이탈했고, 장례식 마지막 날 꼭두새벽에 벌어진 소란은 그렇게 일단락되었다.

상여의 맨 앞에서 장례 행렬을 이끌던 이단은 사람들을 통해서 아수라가 떠났다는 이야기를 들었다.

예상대로 아수라는 미리 준비를 끝내놓고 있었다.

그가 떠나지 않은 것은 단지 이단이 어떻게 나올 것인가 지켜보기 위해서일 뿐이다.

"관을 끌고 갔다고?"

이단은 자신이 들은 것이 사실인가 다시 한 번 확인을 했다.

왜일까?

—왜긴! 다 나를 따라 하는 거 아냐?

이단은 인상을 찡그렸다.

가사몽습지혜를 익히기 위한 가장 빠른 방법이기도 하지만, 부작용 또한 만만치 않다.

이단은 부디 아수라가 표행을 무사히 끝마치기를 바랐다.

—왜애? 아수라가 실패하면? 그게 더 나한테 좋은 거 아냐?

*   *   *

"꽤 사람들이 많군."

벽안의 백인은 길게 꼬리를 물고 지나가는 운구 행렬을 바라보며 중얼거렸다. 거기다가 은발에 애꾸. 한 번 보면 잊기 힘든 외모였다.

"아무래도 정무련의 서열 이위요, 수라방의 방장이었잖습니까! 게다가 수라방이 있는 곳이 이곳 성도니까 다른 곳보다는 아는 사람들이 많겠지요."

바로 옆에서 동파가 설명했다.

"하지만 뭐, 정무련 련주의 문상객보다는 못할 것입니다. 아무래도 정무련하면 완당군 여상추의 정무련이니까요."

"흐흐흐흥."

벽안의 백인은 재미있다는 듯이 콧소리를 흥얼거렸다.

"그럼 어디 확인해 볼까?"

"뭘요?"

동파는 눈만 껌벅거렸다.

"전노군의 운구 행렬이 더 많은지 완당군이 더 많은지!"

"에이, 설마……."

"왜, 못할 것 같나?"

농담 말라고 피시식 웃던 동파는 얼굴색이 변했다. 벽안의 백인의 말이 단지 농으로 하는 말이 아니라는 것을 알았기 때문이다.

벽안의 백인은 그런 동파를 바라보며 싱긋 웃어 보였다. 그리고는 걱정 말라는 듯이 동파의 등을 세게 두들겼다.

그제야 동파는 안도의 한숨을 내쉬었다.

*　　　　*　　　　*

완당군 여상추는 나른한 몸을 일으켰다.

그리고 주위를 둘러보았다.

만족스럽다. 오랜만에 흡족하게 잠을 잤다.

하룻밤에 무려 일곱의 계집을 품었다. 여기저기 널브러진 계집들이 정신을 못 차리고 흐트러져 있다.

정말 만족스럽다. 딱 죽지 않을 만큼만 최대한 기운을 가로챘고, 욕망을 채웠다.

욕심 같아서는 모든 기운을 다 빨아들이고 싶었지만, 그래서는 안 된다. 기껏 꼬리를 감추는 데 성공했는데 다시 흔적을 남길 수는 없었다.

게다가 이제는 적당히, 죽지 않을 만큼만 기운을 빼앗을 수 있었다.

이제는 조절이 가능하다는 이야기였다. 그만큼 자신의 율갑혼정기의 조절 능력이 향상되었다는 뜻이기도 했고.

맨 처음 율갑혼정기를 익힐 때에는 제대로 음기를 가져오지도 못했다.

상대가 품은 음기를 최대한 뽑아내기 시작한 때가 바로 검후가 죽을 때였다. 이제는 죽지 않을 만큼의 기운만 남겨놓고 자신의 것으로 가져올 수 있게 되었다.

그만큼 성장한 것이다.

모르는 사람들은 완당군의 정력이 여전히 절륜하다고 생

각할 것이다. 그것으로 좋다.

그리고 그것은 여상추에게 무엇보다 필요한 능력이었다.

흔적을 남겨서는 안 된다. 지금 벌어지고 있는 분란도 여상추의 본능이 이성보다 앞서 가느라 벌어진 일들이 아닌가!

여상추는 맨몸에 장포만 걸친 채로 밖으로 나갔다.

기운도 채웠으니 이제는 또 일을 할 때였다.

마침 기다리고 있던 보고들이 올라와 있었다.

동쪽의 장강 하류에서 상류로 거슬러 올라오는, 즉 호북에서 사천으로 유입되는 인구가 갑자기 늘었다는 보고였다.

서서히 증가한 게 아니라 어제 갑자기 늘었고, 오늘도 줄어들 기세가 안 보인단다.

인구 이동은 전란이나 흉년에 급증한다. 오 년 전까지는 운남에서 일어난 민란으로 백성들이 사천으로 도망을 왔고, 다시 일 년 후에는 사천까지 번진 민란 때문에 사람들이 사천을 빠져나갔다.

지금은 사람들이 떼로 몰려다닐 시기가 아니었다. 사천 인근에 민란이나 흉년이나 불황이 닥쳤다는 소식은 어디에도 찾을 수 없으니까.

그럼에도 불구하고 무산 삼협을 지나 백제성을 거쳐 사천으로 유입되는 인구의 수가 급격히 늘고 있었다.

여상추는 보고서를 내려놓았다.

"관군의 동태는?"

없다고 한다. 예상대로다. 기대하던 바였고.

인구 이동이야 노동력의 이동이자 세수원의 이동이기에 어느 나라 조정에서든 이를 통제하기 마련이건만, 사천의 나리들은 그따위 것에는 신경도 안 썼다. 자금성에서 멀리 떨어진 이곳 사천인지라, 여기까지 귀양 아닌 귀양 온 그들의 운명은 이곳에서 썩다가 다시 밀려 내려온 사람에게 자리를 내주고 초야에 묻히는 것이니 말이다.

주원장이 오죽하면 원의 잔당들을 소탕하기 위한 고육책으로 조정의 병력을 이용해 이곳에 병가보라는 강호 조직을 만들 생각을 했을까! 도성에서 여기까지는 너무 먼 거리이기 때문에 중앙의 지휘 통제가 미치지 않기 때문이었다.

하지만 병가보의 역할은 사천에 남아 있을지도 모를 원의 잔당들이 다시 중원으로 들어가는 것을 감시하는 것이지, 거꾸로 사천으로 들어오는 사람들을 감시하는 것이 아니었다.

당연히 사천으로 유입되는 인구에 대해서는 감시가 뜸할 수밖에 없다. 그나마 유동 인구의 증가를 포착한 것만으로도 대단한 일이었다.

보고를 갖고 올라온 수하가 조정에 신고를 해야 하지 않느냐고 조심스럽게 물었지만, 여상추는 관심없는 척 손을 내저었다.

사람들이 물러갔다.

이제 여상추의 주위에는 아무도 없다.

여상추는 웃기 시작했다. 처음에는 낮게 혼잣말처럼, 나중에는 조금씩 커지다가 아예 소리 내어 대소를 터뜨렸다.

무산으로부터 흘러들어 오는 인구.

무산에서 풀뿌리로 연명하던 사람들, 한을 풀지 못해 백여 년에 걸쳐 칼만 갈던 사람들, 원의 잔당, 무산의 마씨 일족들이다.

벌써 그들이 움직이고 있었다.

문명과 넓은 평야, 그리고 풍족한 식량을 간절하게 바라던 그들이다. 그만큼 그들의 마음이 급했다는 증거다. 여상추가 무산으로 마씨 일족을 방문한 게 사흘 전이건만, 벌써 그들은 산을 넘어 사천으로 들어오고 있었다.

급할수록 돌아가라는 말이 있다.

서두르다 보면 중요한 것을 놓치게 되고, 그러다 보면 예기치 않은 실수도 하게 된다는 말이다. 그리고 그런 사소한 것이 실패를 불러온다.

서두르고 있는 마씨 일족은 실패할 수밖에 없다.

마찬가지로 성도에 풀어놓은 그자 역시.

"흐흐흐흥."

여상추는 흡족한 미소를 지었다.

둘이 서로 물고 피 튀기는 사이, 사천은 다시 그의 품으로 돌아오리라.

"여봐라."

여상추는 다시 사람들을 불렀다.

그리고 사람을 풀어서 사천으로 들어오고 있는 그들을 감시하라고 지시를 내렸다.

구체적인 지시는 필요없다.

낯선 차림에 어색한 동작을 보이는 놈들이면 된다. 그런 놈으로 한두 놈만 쫓아도 나머지 전체를 다 알 수 있을 테니까.

자, 이제 성도의 정무련 련주 완당군 여상추로 돌아갈 때였다.

第六十五章

설마 모른 척하지는 않겠지?

狼王 왕

이른 아침, 당초석은 당방혼의 방문을 받았다.

"드릴 말씀이 있습니다."

당초석은 실눈을 뜨고 당방혼을 올려다보았다.

마침 당초석은 이제 민산 구채구로 돌아가기로 결정하던 차였다.

성도 모기장과의 거래도 다시 한 번 확인을 했고, 신뢰도 문제없었다. 사천의 강호 동향도 파악한데다 나갔던 당방현, 당방혼 남매도 돌아왔다. 이제 돌아가자니 지시할 것도 많다. 그렇게 바쁜 차에 당방혼이 찾아온 것이다.

"뭔가? 방현이나 방혼이도 할 일이 많을 텐데……."

"아는 사람을 만난 것 같습니다."

순간 당초석은 행동을 멎었다.

당방흔의 말이 허튼소리가 아니라는 것을 다시 한 번 확인한 당초석은 조용히 다른 사람들을 물렸다. 한쪽에 앉아서 발가락에 낀 때를 벗기고 있던 당파추가 인상을 찡그렸다.

"팽!"

듣기 싫다는 듯 당파추는 몸을 돌렸다.

당초석은 그런 당파추마저 나가라 할 수는 없었다. 적어도 그는 당초석의 삼촌뻘 되는데다, 당가의 가장 큰 어른이니 말이다.

당초석은 당파추는 없는 사람 치고 당방흔을 올려다보았다.

"아는 사람이라고?"

당방흔은 옆을 힐끔거렸다. 당파추의 옹색한 모습의 좁은 등판이 보였다. 그는 두 사람의 이야기는 들리지도 않는 것처럼 제 할 일만 하고 있었다.

"예. 제가 알던 사람이 분명합니다. 또 그분 역시 저를 알고 있었고……."

당초석은 주위를 확인했다. 엿듣는 사람이 없다는 것을 다시 한 번 확인한 후에도 당초석은 목소리를 낮추었다.

"우리 사람이더냐?"

"예, 당 씨 성을 쓰던 사람입니다."

당 씨 성을 쓰는 사람이라면 당방흔은 정확하게 그가 누구인지도 안다는 의미이다.

그 말에 당파추가 고개를 홱 돌렸다. 그리고는 당방혼을 위아래로 훑어봤다.

당초석이 슬쩍 인상을 찡그렸다. 없는 사람으로 생각하라 하였으니 끝까지 입 다물고 있으라는 표현이다.

"팽!"

당파추가 다시 콧방귀를 뀌었다.

당초석은 물었다.

"현아는 알고 있느냐?"

당방혼은 당초석도 실명객에 대해 알고 있다는 것을 깨달았다. 그 역시 알면서도 비밀에 붙이고 있었다. 아마 등을 돌리고 있는 당파추도 알고 있으리라.

"아직 이야기를 안 했습니다."

당초석은 잘했다는 듯이 조용히 고개를 끄덕였다.

당방현에게 말을 안 했다면, 그만큼 당방혼의 생각이 깊다는 뜻이다.

실명객이 누구인지 알았다면 당장에 당방현에게 이야기하기 쉽건만, 당방혼은 그렇게 하지 않았다.

실명객이 누구인지, 그리고 그가 죽지 않고 살아 있다는 이야기를 들으면 누구보다 기뻐할 사람이 바로 당방현이다. 또한 누구보다 먼저 실명객 본인이 자신의 생존 사실을 당방현에게 이야기하고 싶었으리라.

세상에 어느 아비가 자기가 죽었다고 딸자식이 생각하기를 바랄까! 정말로 자기 딸을 사랑하는 사람이라면 그런 아비는 없으리라. 그게 바로 인지상정이다.

하지만 실명객은 그렇게 하지 않았다.

왜일까?

당방흔은 모르지만 당초석은 알고 있었다. 당방흔은 그저 실명객에게 그렇게 해야만 하는 피치 못할 사정이 있으리라 짐작만 하고 있을 뿐이다.

당파추는 재미있다는 듯이 당방흔을 위아래로 훑어봤다. 미처 깨닫지 못했던 것을 알게 된 것 같은 모습이었다.

"또 누가 알고 있느냐?"

"아직은……. 오로지 저만 알고 있습니다."

"잘했다."

당초석은 짧게 말했다.

그리고 그것이 끝이었다.

당방흔은 그 자리에서 계속 다음 말을 기다렸지만, 당초석이 그에 대해 다른 말이 없었다. 결국은 당방흔이 조심스럽게 입을 열었다.

"아무래도 현아에게 이야기하는 것이 좋지 않겠습니까?"

당초석이 고개를 치켜뜨며 눈을 흘겼다.

"무엇을?"

무엇이라니? 지금 실명객에 대해 이야기를 하고 있지 않았던가? 그런데 무엇이라니?

당방흔은 입을 다물었다. 당초석의 위압적인 기운이 그에게 함구령을 내리고 있었다.

"내 알아서 할 것이다. 방흔 손(孫)은 이에 대한 것은 모두 내게 일임하라."

당초석은 눈짓으로 문을 가리켰다. 함구령에 이어 이제는 축객령이다.

당방흔은 조용히 허리를 숙였다. 그가 함부로 나서는 안 되는 큰일이 그 뒤에 있으리라. 그는 그냥 밖으로 나갈 수밖에 없었다.

당방흔이 나서기가 무섭게 당파추는 앉은 의자를 앞으로 끌었다.

"괄목상대라더니, 저놈보고 하는 소린가. 사람이 완전히 바뀌었군. 행동이 진중해졌어."

"그렇군요. 더 이상 다짜고짜 담화린부터 뿌리던 녀석이 아닙니다. 이번 강호 유람에서 가장 큰 수확이 방흔의 성장이 아닐까 싶습니다."

당초석이 당파추의 말에 동의했다.

"그건 그렇고, 조카사위 놈은 어찌할 텐가?"

"어차피 바깥사람이었습니다. 우리랑은 어울리지 못하던 사람이지요. 굳이 가법에 얽매일 필요가 없을 듯합니다."

당파추는 인상을 찡그렸다.

"벌써 또 한 놈이 알게 되었어. 끝까지 그 비밀이 지켜질 거라 보는가?"

당초석은 한숨을 내쉬었다.

"그건 그때 가서 생각하지요. 본인이 원치 않는데다 쉽게 알려질 것 같지도 않으니까요."

"팽."

당파추는 마음에 안 든다는 듯 다시 콧방귀를 뀌고는 자리에서 일어났다.

"어디 가시렵니까?"

"생각났을 때 일해야지."

당파추는 동의를 구한다는 듯 뒤를 힐끔거렸다.

"저눔, 제대로만 키우면 든든한 기둥이 될 듯허이."

당초석의 얼굴에 오랜만에 밝은 기운이 실렸다.

"생각을 바꾸셨나 봅니다. 머리 검은 놈은 거두는 법이 아니라며 미워만 하시더니."

당파추가 혀를 찼다.

"팽. 우리 피, 남의 피가 어디 있나! 한솥밥을 먹으면 다 우리 식구지."

"미운 정도 정이라 했습니다. 은혜를 모르면 사람이 아니라는 말도 있습니다. 어차피 가족이 된 놈, 피붙이라 생각하시고 잘 좀 봐주시기 바랍니다."

"내 조카님을 생각해서 저놈을 손이나 좀 봐주는 것이니,

행여 저놈에게 집안일을 맡길 생각일랑 마시게."

당파추는 당초석이 뭐라 하기도 전에 잽싸게 등 뒤로 문을 닫았다. 그래도 큰소리는 자기가 더 많이 했으니 이긴 셈이다. 그렇게 생각하면 좀 더 속이 편했다.

당파추는 발걸음이 가벼워졌다. 당초석과 서류를 갖고 씨름하느니 젊은 당방흔을 붙잡고 힘자랑하는 것이 더 즐거울 것 같았다.

방문을 열고 안으로 들어서려던 당방흔은 문 앞에서 멈칫거렸다.

뜻밖의 손님이 그를 기다리고 있었다.

손님, 실명객은 슬쩍 쓰고 있는 검은 방갓 끝을 들어 올렸다.

"가주께서는 뭐라시더냐?"

"아무 말씀 않으시더이다."

예상대로였다. 당초석이라면 그럴 것이다.

당소취가 집으로 돌아가지 않겠다고 했을 때에도 그것을 묵인해 주었고, 젖먹이 딸아이마저 버린 당소취가 남편을 데리고 민산으로 돌아왔을 때에도 말없이 받아준 사람이 바로 당초석이었다.

그런 당초석이기에 아내를 잃고 딸아이마저 남의 손에 키우고 있는 당은궐이 당가로 돌아가지 않을 것이라는 것을 알고도 모른 척 넘어가 줄 사람이다. 가문의 명예보다는 개개인의 행복과 삶의 질을 더 생각하는 사람이 당초석이었다.

실명객은 자리에서 일어났다.

"따라와라."

당방흔은 이유도 묻지 않고 그저 묵묵히 그의 뒤를 따랐다.

천장은 높고 바닥은 넓은 창고 안에 다시 튼튼하게 지어진 작은 방 하나. 여기저기에 갈라지고 부러진 목인들이 굴러다녔다. 당방흔은 처음 보는 장소로 안내되었지만, 그곳이 무슨 용도로 쓰이는 곳인지는 한눈에 알 수 있었다.

수련장이다.

이름 난 거상의 집인 모기장 안에 수련장이 있다는 것도 우스운 일이지만, 실명객을 생각한다면 꼭 어울리지 않는 곳도 아니다. 아마도 실명객 개인만을 위한 수련장이었으리라.

실명객은 당방흔을 마주 보고 섰다.

"가장 잘하는 게 뭐냐?"

당방흔은 실명객의 앞뒤 자른 질문에 당황했다.

"뭐가 말입니까?"

"가주께서는 삼호고혼분을 쓰신다. 냄새도 없고 알아도 막을 수 없는 것이 바로 삼호고혼분! 손을 써도 흔적이 남지 않는다는 산수무흔이라는 별호가 바로 거기에서 나왔지. 이에 반하여 당파추 장로께서는 화려한 소나기 별똥 같은 칠성돈을 쓰시고. 노광자라는 별호가 괜히 붙은 게 아니야. 사천당가 사람이라면 다들 이렇게 성명절기 하나씩은 있는 법인데… 너는 뭐를 쓰나? 당가에서 십수 년을 먹고 자랐는데 손에 익은 암기와 암기술은 하나 있을 터!"

당방혼은 망설이지 않고 대답했다.

"담화린을 씁니다."

실명객이 고개를 끄덕였다.

"위력적이지. 효력도 강력하고. 하지만 너무 강하지. 오히려 그 점에서는 효율적이지 못하다고 해야겠지."

실명객은 도토리를 하나 툭, 던졌다. 떼구루루 구르던 도토리가 드디어 멈추어 섰다.

"태워봐라."

당방혼은 담화린을 뿌렸고, 도토리는 당장에 새까만 재가 되었다.

"봐라. 너는 손톱만 한 도토리 하나를 태우기 위해 손바닥보다 넓은 면적을 태웠다. 담화린은 바로 그 때문에 비효율적이다. 그리고 그 때문에 오히려 생각지 못한 피해가 있을 수 있다. 아느냐? 사천당가의 무공의 가장 큰 단점이 바로 그것이다."

실명객은 방갓을 벗었다. 그리고 얼굴에 쓰고 있던, 지금까지 한 번도 벗은 적 없는 핏빛 철가면을 벗었다. 그러자 도저히 사람의 얼굴이라고는 생각할 수 없는, 일그러지고 녹아서 흐르다가 굳어버린 듯한 화상이 드러났다. 코도 없고 입술도 없었다. 머리카락도, 눈썹도 하나 없었다.

"불이란 것은 적도 아군도, 친구와 나도 구분하지 않는다. 그렇기 때문에 다른 어떤 것보다도 다루는 데 신중을 기해야 할 것이다."

실명객은 손을 흔들었다. 순간 세 개의 대침이 날아갔고, 그것들은 정확히 도토리에 가서 박혔다.

"네가 만약 삼지점을 이렇게 정확하게 구사할 수 있다면, 산독한 담화린을 십분지 일만 써서 같은 효과를 가져올 수 있었을 것이다."

실명객은 당방혼을 마주 보고 섰다.

"가주의 별호가 무엇이냐?"

"산수무혼입니다."

"맞다. 산수무혼이다. 가주께서는 누구보다 많은 적을 상대하면서도 전장에서 돌아올 때에는 항상 독을 남겨오셨다고 한다. 왜일까? 필요한 만큼만 썼기 때문이다. 산수무혼이라는 별호도 남들처럼 과하게 쓰지 않았기 때문에 자연히 생긴 것이라고 나는 생각한다."

실명객은 사용했던 암기를 당방혼에게 건넸다. 세 개의 대침이 한 줄로 묶여 있다.

삼지점(三枝占).

당방혼도 아는 물건이다. 아니, 민산에서 당 씨 성을 쓰는 사람이라면 맨 처음 만지는 암기가 바로 그것이다. 민산 당가타에서는 저런 조잡한 물건을 쓰지는 않지만.

"처음에는 최대한 넓은 범위를 세 개의 점으로 포획하라고 배우지. 하지만 그것이 적당히 손에 익으면 다음에는 다시 세 점이 포획하는 범위를 좁히는 수련을 한다. 하지만 그쯤 되면 각자 자신의 독문병기에 빠져들지."

동시에 세 개의 암기를 던지는 수법.

점 둘은 하나의 선을 만들지만, 점 셋이 모이면 하나의 면적을 만든다. 세 곳을 점하면 그 안의 면적을 점령하는 셈이다. 그렇게 세 점을 외곽의 꼭짓점으로 안의 공간에 독을 살포한다거나 암기를 뿌린다. 그것이 사천당문의 무공의 기초다.

"그렇게 다들 그것을 잊어버린다. 하지만 맨 처음 익히는 당문의 병기는 바로 그것이다. 왜일까? 사천당문의 무공은 결국 그것에서 시작해서 그것에서 끝나기 때문이다."

실명객은 당방흔의 앞에서 당가타의 독문무공들을 여러 가지 펼쳐 보였다. 그리고 그 속에서 삼지점이 어떻게 녹아 있는지를 보여주었다.

"내게 네게 보여줄 수 있는 것은 이게 전부구나."

어느덧 실명객은 손을 멈추고 한숨을 내쉬었다.

고급의 사천당문 비전 절기들을 그는 알 수 없었다. 왜냐하면 그는 데릴사위, 태어날 때부터 당 씨 성을 가진 것이 아니라 나중에 당가타로 들어온 사람이었기 때문이다.

그럼에도 불구하고 당방혼에게는 그것으로 충분했다. 그동안 그가 알지 못했던 당가 수법의 숨은 뜻을 볼 수 있었기 때문이다.

"더 많은 것을 알고 싶다면 가주를 찾아가라. 네가 삼지점을 좇는다는 것을 안다면, 가주께서는 네게 다른 것을 가르쳐 줄 수 있을 것이다."

실명객은 그 자리에 당방혼만 놔두고 몸을 돌렸다.

"왜 제게 이것을 가르쳐 주시는 것입니까?"

스쳐 가던 실명객의 걸음이 멈춰졌다. 쉽게 대답이 안 나왔다. 그렇게 잠시 침묵이 흐른 후에야 실명객은 한마디를 할 수 있었다.

"현아를 부탁한다."

"이모부……."

당방혼이 다시 실명객을 불렀지만, 다시 움직이는 실명객의 걸음을 멈출 수는 없었다.

그곳을 벗어나던 실명객은 뜻밖의 사람과 마주쳤다.

당파추였다.

그는 사천당가에서도 얼굴 한 번 마주치기가 그렇게 힘든 사람이었다.

"정녕 안 돌아갈 테냐?"

실명객은 고개를 흔들었다.

"마땅히 기다리는 사람도 없잖습니까."

"팽."

당파추는 콧방귀를 뀌었다.

"봐주는 줄 알아라. 잡으려 하면 못 잡을 줄 아느냐?"

실명객은 입을 열었다. 하지만 말을 꺼낼 틈이 없었다.

"잡으려 해도 잡을 수 없을 것입니다."

뜻밖의 말이 멀리서 들려왔기 때문이다. 어찌 된 일인지 당초석이 그곳까지 와 있었다.

"마침 일들이 다 끝나서……."

엿들은 것이 들켰는지 당초석이 멋쩍게 변명을 했다.

"잡을 수 없다니?"

당초석은 씁쓸하게 웃어보였다.

"모르시겠지만, 일전에 한번 눈으로 봤지요. 그가 얼마나 절치부심하고 있는지를 말입니다."

실명객은 벗었던 방갓을 다시 집어 들었다.

"더 하실 말씀이 없으면 그만……."

실명객이 그의 곁을 지나쳤다. 그러면서 슬쩍 당파추의 손을 한 번 잡고 갔다. 순간 당파추의 얼굴이 굳어졌다. 동시에 그럴 줄 알았다는 듯이 당초석이 씁쓸하게 웃어 보였다.

그 짧은 순간, 그 두 사람은 손속을 나눈 것이다. 지극히 간단한 방법으로 말이다. 당파추는 독문병기인 칠성돈을 손에 쥐며 그를 위협하려 했고, 당파추가 그를 위협하기도 전에 그는 당파추의 주먹을 한 번 쓰다듬는 것으로 그의 주먹이 펴질 틈을 주지 않았다. 그게 다였다.

하지만 그것으로 당파추는 실명객의 실력을 알 수 있었다.

고수의 싸움은 한순간에 판가름 난다. 실명객은 그렇게 당파추의 틈을 없앴고, 당파추는 그 틈을 잡을 수 없었다.

"팽!"

겸연쩍어진 당파추가 다시 코웃음을 쳤다.

실명객은 당파추와 당초석을 그냥 두고 그곳을 떠났다.

그의 모습이 완전히 사라진 후에야 당초석은 한숨을 쉬며 말했다.

"아쉽습니다."

"또 뭐가?"

"우리 당가가 내외를 나누다가 가문의 이름을 높일 수 있는 인재를 잃었으니까요."

"팽."

당파추는 다시 한 번 코웃음을 칠 수밖에 없었지만, 그렇다고 마땅히 대꾸할 만한 말을 찾지도 못했다. 애써 콧방귀를 뀌는 게 전부였다.

"그래도 물건 하나는 건졌지."

당파추는 넓은 창고 건물 안에서 절기들을 섞어보는 당방혼을 보며 중얼거렸다.

당초석이 보일 듯 말 듯 미소를 지었다. 당방흔을 후계자로 키우는 데 최소한 당파추는 설득할 수 있으리라. 어쩌면 당파추가 앞장서서 다른 장로와 가문의 어른들을 설득할지도 모른다. 폐쇄적인 사천당가로는 변화하는 강호 정세를 쫓아갈 수 없다는 것을 이제는 누구보다 잘 알 테니까 말이다.

*　　　*　　　*

이단은 장례식을 다 치르기가 무섭게 여일위와 마주하고 앉았다.

같은 사천의 공기를 마시고 정무련의 지붕을 이고 있는 두 사람이지만, 두 사람이 서로 다탁을 옆에 두고 마주 앉기는 이번이 처음이었다.

"하고자 하시는 말씀이 무엇인지……?"

이단은 여일위에 대한 호칭을 어떻게 해야 할지 몰라 말끝을 얼버무렸다.

"편하게 말씀을 놓으시게, 아우님."

여일위는 분위기를 부드럽게 하겠다는 생각으로 말을 놓았다.

하지만 이단의 마음은 여일위의 그것만큼 편하지 않았다.

"우리가 처음 마주하는 자리에서 편하게 터놓고 말을 나눌 수 있는 사이는 아닌 듯하오만……."

이단의 딱딱한 어투에 여일위는 이야기가 순탄치 않을 것을 짐작할 수 있었다. 좋은 분위기를 위한 감언이설 같은 말은 효용이 없을 듯했다. 이럴 때는 다른 말이 필요없다. 여일위는 뜸 들일 필요 없이 아예 본론으로 들어가야겠다고 생각했다.

"수라방을 맡아주시오."

─좋은 말씀!

순간 이단은 당황했다. 마음속 깊은 곳에서 들려오는 소리가 겉으로 드러나지 않았을까 걱정이다.

'내가 그럴 생각으로 돌아온 것이 아니잖아!'

이단은 이성적으로 생각하기로 다짐을 하고 또 다짐했다.

"지금 상황에서 하실 말씀이 아닌 듯하오만……."

여일위는 생각만큼 대화가 쉽게 풀리지 않을 것 같았다.

"대안이 없다는 것을 아실 것 아닌가?"

─맞는 말 아냐? 나 말고 누가 있다고 그래? 아수라? 캬악, 퉤! 될 사람을 되라고 그래.

"단지 대안이 없다는 것만으로는 명분이 설 수 없습니다. 무엇보다 전대 방장의 후인이 건재한 이상……."

여일위는 오늘은 이만 하기로 했다. 계속 자기주장만 내세우다 보면 서로 의만 상할 수도 있으니까. 무엇보다 그것이 아니더라도 이단에게 수라방을 맡길 수 있는 방법이 없는 것도 아니니까. 차례로 단계를 밟아가다 보면, 그의 말대로 순리대로 지내다 보면 수라방이 그를 원할 수도 있으리라.

"좋네. 그럼 그 건은 잠시 보류하도록 하지."

"아니, 보류할 문제가 아닙니다. 먼저 전대 방장의 의지를 알아야 하고, 그것이 불가하다면 각 국주들의 뜻을 모으면 될 것입니다."

"알았네. 하지만 이것은 들어줘야만 하네."

이단은 다음 말을 기다렸다.

"사건을 해결해 줘야겠네."

여일위는 이단의 다음 반응을 기다렸지만, 아무런 반응이 없자 마저 할 말을 다 했다.

"마땅히 소질있는 사람도 없고 애초에 자네가 맡았던 일인데다, 자네 후임으로 일을 맡았던 아수라는 지금 표행을 나갔지 않은가? 검후의 사망으로부터 벌써 이십사 일이나 지났네. 시간이 갈수록 사건의 단서는 사라지는 법인데, 설마 모른 척하지는 않겠지?"

그 말에 대해서는 이단도 반박할 말이 없었다.

마땅히 맡은 일도 없는데다 장례 치렀다고 바로 성도를 떠날 수도 없는 상황이었다. 아직 추모제까지는 적지 않은 기간이 남아 있었다. 기왕이면 바쁘게 지내는 게 좋을 것 같다.

이단은 사건을 맡기로 했다.

*   *   *

삼치검 장홍학은 청문궁으로 뛰어들면서 소리쳤다.

"누이, 누이, 들으셨소? 낭왕이 맡았다네! 검후의 살인 사건을 말이야. 어, 오우~!"

그러다가 취왕 장홍련과 이야기를 나누고 있는 사람과 마주치자마자 멈칫거렸다. 마치 노느라 정신 팔려서 뛰어들어 오다 훈장 선생한테 딱 걸린 어린아이 같았다.

"문주, 이제는 좀 진중해지시구려. 내 누누이 이야기하지 않았소? 삼치검의 말 한마디에 백 명의 검수 목숨이 왔다 갔다 한다는 것을!"

바로 직진일방 곽가였다.

검각의 숨은 그림자. 검각의 각주였던 등패군 장각의 명을 따라 검각을 떠나서 장홍학을 지도하고 취문을 건설한 사람. 장홍학에게는 아버지와도 같은 사람이다.

이단이 검후의 사건을 맡았다는 소문은 순식간에 정무련 안에 퍼졌다. 쉽게 퍼지는 이유는 간단했다. 이단이라면 미궁에 빠진 사건을 반드시 해결해 줄 거라는 정무련 사람들의 믿음 때문이었다.

"어쨌거나 그리되었다 하오."

장홍학이 일부러 목소리를 낮게 깔면서 중얼거렸다.

"어찌시렵니까, 누이. 사람들이 말하는데, 낭왕이라면 사건을 해결할 거라 하더이다. 기왕이면 끝을 보고 가시는 것이

낮지 않겠소?"

"문주, 지금 누구와 이야기를 하는 것입니까? 이럴 때는 않겠습니까아, 하고 말씀하셔야 하오."

장홍학은 인상을 찡그렸다.

"그런가요? 그렇군요. 그럼 문주인 내게 말씀하는 곽 공께서도 하오라고 말씀하는 것이 아니라, 합니다아~ 해야 하는 것이 옳지 않겠소?"

순간 곽가는 할 말을 잃었다. 유모는 웃음을 감추느라 눈에 눈물이 고이고 있었고, 장홍란은 인상을 찌푸린 채 눈짓으로 장홍학을 나무랐다.

"허어, 참."

곽가는 혀를 차며 고개를 돌렸다가 이내 정색을 하고 장홍란을 향했다.

"취문 문주의 의견도 한번 고려해 볼 만하다고 생각하오. 기왕이면 남아서 끝까지 상황이 전개되는 것을 확인하고, 취왕께서 떠나시면 혼자 남을 수밖에 없는 삼치검에게도 곁에 있어줌으로써 힘을 실어주면 좋지 않을까 하오."

"옳거니!"

장홍학이 무릎을 두들기며 추임새를 넣었다.

곽가는 인상을 찡그렸지만, 더 이상 장홍학을 나무라지는 않았다. 굳이 그렇게까지 해서 장홍학의 기를 꺾을 필요는 없으니까.

장홍란이 모용정을 돌아보았다.

"저도 곽 장로와 같은 생각입니다. 문제가 있으면 이곳 정무련에 있지, 검문산 검각에 있는 것이 아니니까요."

장홍란은 아랫입술을 꽉 깨물었다. 그리고 고개를 끄덕였다.

"그럼 난 가서 낭왕의 실력이 얼마나 좋은지 한번 확인해 봐야지!"

누가 말릴 새도 없이 장홍학은 신이 나서 뛰어나갔다.

그를 붙잡을 기회를 놓친 곽가가 대신 사과를 한다.

"너무 걱정 마십시오, 취왕! 삼치검이 겉으로는 경솔해 보여도 속은 차 있으니까요."

곽가의 말에 장홍란이 미소를 지으며 고개를 끄덕였다. 그 말에 동의한다는 뜻이다.

*   *   *

밤늦게 여일위는 예상 밖의 손님을 맞았다.

이한이다.

"어찌 된 것인가?"

전에는 흑표단의 부단주였고, 갈왕 동파를 따라 아미산으로 쫓아갔던 이한이 혼자만 돌아왔다.

여일위의 질문에 이한은 난처한 표정으로 답을 했다.

"갈왕이 사고를 쳤습니다."

여일위는 눈을 크게 떴다.

"사고라니? 홍주산에서 사천당가의 여식을 탐하다가 달아난 것 말고 또 있단 말인가?"

여일위의 말에 이한은 안도의 한숨을 내쉬었다. 그래도 여일위가 완전히 모르고 있는 것만은 아닌 듯했다.

"갈왕은 지금 성도에 와 있습니다."

"뭐?"

뜻밖의 말에 여일위는 인상을 찡그렸다.

갈왕 동파의 행적은 홍주산에 있을 때까지 추적이 가능했다. 그런데 그곳에서 동파는 당방현을 덮치려다 뜻을 이루지 못하고 도망쳤다.

여일위가 알고 있는 것은 그것이 전부 다인데, 그 뒤로도 사건을 달고 다녔나 보다.

이한은 그가 아는 대로 이야기를 했다. 갈왕 동파가 성욕을 이기지 못하고 아미산의 비구니들을 덮쳤다가 사로잡혔던 일하며, 그 뒤로 달아났는데 그 행적이 성도로 향했던 것까지.

"비구니를 덮쳤을 때에는 알고도 구할 수가 없었습니다. 괜히 그랬다가는 병가보와 정무련에 무슨 사단이 벌어질지도 몰라서 말입니다……."

이한은 말끝을 얼버무렸다.

동파를 말리지 못한 죄, 동파가 난관에 처한 것을 알고도 돕지 않은 죄, 달아나는 동파를 끝까지 수행하지 못한 죄 등 등을 추궁당할까 저어해서였다.

"잘했다."

여일위는 이한의 어깨를 두들겼다.

"에?"

이한은 눈을 크게 떴다.

"정~말 수고가 많았다. 큰일을 했다. 고생도 많았겠구 나."

여일위는 이한을 추궁하는 대신에 격려했다.

이한은 고개를 들어 여일위의 얼굴을 올려다보았다. 진심 이다. 여일위는 진정으로 이한의 노고를 치하하고 있었다.

"주, 주군……."

자기도 모르게 이한은 무릎을 꿇었다. 이런 사람 밑이라면 평생을 함께해도 될 것 같았다. 이 사람은 고생이 무엇인지 안다. 고생을 하면 한 만큼 대우를 해줄 사람이다. 문득 그런 생각이 들었다.

"우선은 쉬시게. 이한 공 말대로라면 곧 동파가 나타날 테 니. 그때가 되면 또 바빠질 것 아닌가?"

"예, 주군!"

이한은 목소리를 높여 소리쳤다.

*　　　*　　　*

성도와 가까워지면서 길은 넓어졌다.

길이 넓어진다는 것은 또한 민가가 많다는 뜻이고, 사람이 많으니 객잔도 커지게 된다.

아미산 낙산현에서 출발했던 일절 사태와 차가람 일행은 다음날이면 성도에 도착할 것 같았다. 이미 장례식도 끝난 마당에 굳이 발길을 서둘 필요가 없었다. 그리고 그들이 성도로 향하는 목적은 어차피 다른 데 있었으니까.

일절 사태는 시간 나는 대로 차가람과 마음가짐에 대한 이야기를 나누었다.

"석가모니불께서 보리수나무 아래에서 득도를 하게 되었을 때, 마귀들은 걱정이 앞섰습니다. 석가모니불이 득도를 하면 인간들을 괴롭히는 세상 마귀들을 처단할 것이 틀림없으니까요. 그래서 마귀는 처음에는 미녀로 변해서, 그다음에는 괴수로, 또 나중에는 지옥도와 부귀영화를 보여주며 석가모니불의 수행을 가로막았지요. 심법이란 바로 그런 것입니다. 깨우침을 위한 마음가짐이지요. 사마에 흔들리지 않는 마음가짐. 그 방식과 흐름은 달라도 모든 심법이 추구하는 바는 그것입니다. 수련에 있어서 방해가 되는 것들을 막고 맑은 정신을 유지하는 것이지요."

차가람은 일절 사태가 왜 그녀에게 이런 이야기를 하는지 잘 알았다.

그래서 한 구절, 한 구절도 놓치지 않고 귀담아들었다.

그것을 아는 사람이 또 있었다.

사미니 파사행이다.

차가람이 무엇을 익히고 있고, 그래서 무엇을 막고자 하는지를 누구보다 잘 알고 있는 사람이 바로 그녀였다.

이제 곧 성도에 들어서니, 일절 사태 일행은 그날 밤은 보다 안락한 크고 넓은 객잔에 묵었다.

객잔의 주인은 일절 사태를 알아보고, 비구니, 사미니들에게 각각 한 개씩 방을 나눠 주는 친절을 베풀기까지 했다. 수행사미니마저 일절 사태의 객실과 붙어 있는 작은 방을 받을 정도였다.

"이곳 주인의 어머니께서 우리 복호사의 유명한 신도 보살이시지요. 성도로 들어가면 바빠질 것입니다. 그전에 충분히 쉴 수 있다면 좋은 일이지요."

일절 사태가 미소를 지으며 이유를 설명해 줬다.

이유야 어쨌거나 편하게 쉴 수 있다면 그것 또한 좋은 일이다. 사람들은 그동안 여행에 쌓인 피로를 풀었다.

그리고 차가람은 그날 밤 예상했던 손님을 맞았다.

"아미타불. 듣고 싶은 이야기, 그리고 해주고 싶은 이야기가 많아서요."

벽안에 금발을 산발하고 있는 사미니 파사행.

"과거에 대한 미련을 떨쳐 버리려 해도 아직 수행이 부족

한가 봅니다. 하긴… 그러니 아직까지 머리를 깎지 못하고 사
미니겠지요."

파사의 말에 차가람은 조용히 합장을 하고 문을 닫았다.

"사실 그때 본 사미니는, 아니, 우리 남매는 차 소저나 그
친구가 그렇게 오래 살 줄은 미처 생각지 못했습니다. 우리에
게 그것은 그냥 유희였지요. 그래요. 꿈이 없는 삶의, 그냥 장
난질에 불과했습니다. 어린아이 돌팔매질에 개구리 배 터지
는 것 따위는 생각지 않았지요."

파사는 씁쓸한 표정으로 웃었다.

차가람은 그냥 조용히 듣기만 하고 있었다.

"그 내공법을 수련 지도 없이 혼자 익히게 된다면 심마에
빠져듭니다. 인간의 성적 본능을 자극하는 수련법이기에 그
렇게 되지 않는다면 그것이 더 이상한 일이지요. 그때 우리는
부군께 내공법만 알려줄 뿐, 심법은 전혀 전수하지 않았습니
다. 왜냐하면 오라버니는 그렇게 세상에 또 한 마리의 마귀를
풀어놓을 생각이었습니다. 오라버니나 저나 우리가 원하는
것은 세상에 대한 또 한 번의 분탕질이 전부였거든요."

먼 곳을 응시하는 파사는 그때의 일들이 기억난다는 듯이
피식 미소를 지었다.

"오라버니와 저는 내기를 했지요. 오라버니는 한 달, 저는
반년으로 잡았습니다. 그 안에 정파 나부랭이들 속에서 또
하나의 색마가 출현하리라고 말입니다. 하지만 그 사람, 우

리의 상상과는 전혀 다른 사람이었어요. 굳건한 심지가 있었기 때문인지 쉽게 심마에 빠져들지 않더군요. 오히려 반대로 간간이 전장에서 활약하는 그 어린것에 대한 이야기를 들을 수 있었습니다. 우리는 새삼 세상을 다시 보게 되었지요. 우리가 살아온 세상이 세상의 전부가 아니었다는 생각이 들더군요."

파사는 한숨을 내쉬었다.

"우리는 우리 하고 싶은 대로 하고 살았습니다. 왜냐하면 우리에게는 힘이 있었거든요. 힘이 있는 사람은 그렇게 해도 된다고 우리는 그렇게 배웠어요. 우리의 사부가 우리에게 그렇게 했고, 사부가 죽은 후, 이제는 우리 차례였지요. 우리는 마치 그동안 사부로부터 받으며 참아야만 했던 수모를 갚을 것처럼 우리 하고 싶은 대로 하며 살았어요. 하지만 그게 세상의 전부는 아니더군요. 힘있는 자가 권리를 갖는 것이 아니라, 힘있는 자가 의무를 지는 세상, 그런 세상이 우리가 모르는 곳에 있었고, 당신과 그는 그 세상을 살고 있더군요. 우리 사형제 중에는 광마 대사저랑 사마 사매만 그것을 알고 있었어요. 나나 오라버니, 그리고 병에 걸려서 세상을 저주하던 식마, 머리가 나빠서 심마에도 빠지지 않던 음마들은 아예 그것에 관심도 없었지요."

이야기를 하다 보니 파사는 문득 회한이 밀려왔나 보다.

"참 바보 같았지요? 우리가 아는 게 세상 전부라고 생각하다니……. 그럴 수밖에 없는 식마나 음마 두 사제는 그렇다 하더라도 오라버니나 나는 바보도, 미친 것도 아니었는데 그 것을 몰랐다니……."

파사는 자랑스럽다는 눈빛으로 차가람을 바라보았다.

"하지만 당신 두 사람, 그 위기를 슬기롭게 잘 넘겼더군요. 그리고 오히려 이제는 대성을 향해 한발 다가서고 있어요."

파사는 합장을 하며 두 사람의 축복을 기원했다.

"이제 보살의 이야기를 들읍시다. 어떻게 살았는지, 그 위 기를 어떻게 넘겼는지 말이지요. 무엇보다 대사저께서는 어 떻게 되었는지가 궁금하군요. 아미타불. 이승에서 쌓은 업보 는 조금이라도 털고 성불하셨는지……."

차가람은 담담한 어조로, 그리고 최대한 자신의 감정을 억 제하며 지난 일들을 이야기했다.

그 뒤로 어떻게 만났는지, 민산에서 광마를 만난 이야기를 지나 어떻게 오해를 하게 되었는지, 그리고 어떻게 아미산에 서 다시 만날 수 있었는지까지…….

중간 중간에 이단에 대한 생각에 벅차오르는 감정을 누르 기 위하여 때로는 숨을 고르기도 하고, 때로는 눈물을 참으면 서 차가람은 차분하게 이야기를 이어갔다.

차가람의 방문을 두들기려던 매련 사미니는 안에서 들리 는 대화 소리에 멈칫거렸다.

그녀보다 먼저 차가람을 찾아온 사람이 있었다.

그리고 차가람은 그때 이단에 대한 이야기를 하고 있었다.

매련은 그냥 조용히 문밖에서 차가람의 이야기를 들었다. 그리고 다시 흔적 하나 남기지 않고 그 자리를 떠났다.

이제 확실히 알 수 있었다.

이단에게는 차가람이라는 천생배필이 있다는 것을 말이다. 매련은 이제는 그 남자에 대한 미련을 버리고 머리를 깎을 수 있겠다는 생각이 들었다.

*   *   *

성도를 떠나 도강언헌, 청성산으로 향하던 고적은 무언가 이상하다는 생각이 들었다.

당시 현장에 있을 때에는 몰랐는데, 한발 떨어져서 생각해 보니 안 보이던 것들을 볼 수 있었다. 날이 어두워서 눈에 보이는 게 없으니까 잘 보인다.

분명히 자신은 기어검 모강의 내공까지 전수받았다. 게다가 청성파의 젊은 이대제자 중에서는 발군의 실력을 갖고 있다.

그럼에도 불구하고 낭왕 이단은 물론, 갈왕 동파에게도 패했다? 그게 논리적으로 성립된다고 생각하느냐 이 말이다.

상대는 근본도 알 수 없는 시정잡배들의 무공이다. 하나는 표사들이 칼밥이라도 챙겨 먹기 위해 만든 것이고, 다른 하나는 군부의 집단 군무에서 파생된 것들이다.

실전용이라 할 수도 있겠지만, 그건 모르는 자들이 하는 소리다. 무공이란 수세대에 걸쳐서 대를 이어 전승되는 동안 시행착오를 통해 개량되고 발전되면서 군더더기는 빼고 정수만 남게 된다. 그러다가 후인을 잘못 만나면 전승이 끊어지기도 하지만, 그것은 일인전승이나 역사가 깊지 못한 문파의 이야기였다.

무림의 태두라는 소림이나 무당, 아니, 사천의 청성이나 아미파 같은 곳은 한두 사람의 제자가 있는 게 아니고, 한 대에 수십에서 수백의 제자가 있고, 천여 년을 이어왔다. 그게 바로 역사라는 것이고, 그게 바로 저력이다.

그래서 시정의 무술 고수라는 작자들이 명문의 제자를 상대하지 못하는 것이다.

그런데 청성파의 이대제자 중 으뜸인 고적이 이단과 동파에게 패했다고?

왜 졌을까?

무공에서?

아니다. 그건 절대로 아니다. 그것은 곧 명문정파의 무공 역사를 통째로 뒤집는 일이다.

그러면 무공이 아니라 내공 때문에?

그래, 결국 내공 때문이다.

아무리 동파가 기습을 했다 한들 고적의 무공이 제대로만 펼쳐졌더라면 막을 수 있었을 텐데……. 고적의 무공이 제대로 펼쳐지지 못한 것은 내공에서부터 밀렸기 때문이다.

내공 수련이 부족하단 말인가?

그것도 말이 안 된다.

고적은 기어검 모강의 내공까지 전수받지 않았던가!

그럼?

이단이나 동파나 그들의 내공이 고적의 내공 수위를 추월하는 이유가 있다.

"맞아!"

고적은 무릎을 두들겼다.

낭왕 이단 그자가 관에서 나왔을 때 그랬다. 가사몽습지혜라고! 그것이 무엇이던가? 사마의 무공이다. 그중에서도 저승을 왔다 갔다 한다는 사술이다.

이단 그놈은 사파 무공을 익히고 있다. 이단이 그렇다면 동파라고 예외가 아닐 것이다.

"이, 이런……."

이단은 지금 성도 정무련에 있는데, 그곳에는 설아도 있었다.

"설아 소저가……."

위험하다!

고적은 자리를 박차고 일어났다.

그리고 신형을 날렸다.

갑작스런 고적의 행동에 놀란 고창이 소리쳤다.

"형!"

고창의 다급한 목소리가 잠자리에 들려던 청성파의 장로와 제자들을 깨웠다.

第六十六章
뭐긴!기념품이지!

사건 발생 후,
이십오 일.

소패성 여일위는 바빴다.

어제 정무련의 이름으로 장례를 치르고, 또 낭왕 이단을 만나서 검후의 살인 사건을 맡기고 왔는데, 오늘 아침에는 백제성의 병가보에서 소식이 들어와 있었다.

"그가 병가보에 왔단 말이지······."

여일위는 당장에 용비교 시보를 불렀다. 갈 때에는 쥐처럼 숨어들어 갔던 여상추가 왜 나올 때가 되어서야 병가보에 들렀는지를 알아야 했다. 여일위는 몰라도 시보라면 알아차릴 것이다. 괜히 검각과 정무련의 총관을 하고 있는 것이 아니니까.

설명을 들은 시보는 당장에 조사를 착수했다. 여일위가 백제성 병가보에 가기 전과 간 후의 변화를 비교하는 것이다.

"유입되는 인구의 증가!"

시보는 손가락 마디를 부딪치며 딱! 하고 소리를 냈다. 바로 그것이다.

"놈의 패가 열렸습니다."

"당장에 그들을 쫓아야겠습니다."

여일위는 망설이지 않고 지시를 내렸다.

"그에게 들켜서는 안 됩니다. 워낙 쥐처럼 조심성 많고 잘숨는 자인만큼 각별한 주의가……."

한창 주의를 늘어놓던 시보는 굳이 그럴 필요가 없다는 것을 깨달았다.

이날을 위해 몇 년을 참아온 사람들이 바로 여일위의 좌우날개들이다. 그런 실수를 할 사람들이 아니리라. 시보는 그들을 믿기로 했다.

"그나저나 낭왕은……?"

"지금쯤 검후의 살인 사건을 조사하고 있을 것입니다."

"호오!"

시보는 수라방 건은 어찌 되었냐고 묻는 대신에 뜻을 깨닫기 힘든 애매한 감탄사를 흘렸다. 소패성 여일위가 굳이 그것을 말하지 않는 것은 성공하지 못했기 때문이리라. 성공했다면 검후의 살인 사건보다 먼저 그것을 이야기했겠지. 수라방

건이 검후 건보다 큰 건이니까 말이다.

*　　　*　　　*

"돌아가시렵니까?"

이른 아침, 실명객의 방문에 당초석은 애써 밝은 웃음을 지어 보이며 자리에서 일어났다.

"가야겠지. 전노군의 문상까지 했으니 무엇이 더 필요할까! 얻을 것은 다 얻었고, 찾던 것도 다 구한 것 같네."

실명객이 잠시 머뭇거렸다.

마음에 걸리는 것이 있는지, 아니면 하고 싶은 말이 있거나.

"자네에, 설마 민산으로 돌아가겠다는 소리는 아니겠지?"

실명객의 붉은 철가면 아래로 눈이 가늘어졌다. 웃는 중이다.

"나도 사실 자네를 끌고 갈 생각이 없네. 자네는 처음부터 그곳이 어울리지 않던 사람이야."

실명객의 붉은 철가면이 위아래로 흔들렸다. 고맙다는 뜻인지 동의한다는 표현인지 알 수는 없지만, 당초석에게는 그것으로 충분했다.

모택근은 모기장은 나서는 십여 명의 사람들을 배웅하기

위하여 모기장 밖에까지 나섰다.

"부디 살펴 가시기 바랍니다."

모택근은 허리를 거의 직각이 되도록 숙였다.

그와 마주한 사람들도 양손을 포개고 그에 못지않게 허리를 숙이며 인사를 했다.

"가자."

당초석의 말에 민산 구채구를 떠났던 사천당가의 강호 유람단은 다시 당가타를 향하여 발길을 돌렸다.

모택근은 그들에게 말과 마차를 내주려 하였지만, 그러면 남들 눈에 띈다는 이유만으로 당초석은 거절했다. 다시 도보 여행이다.

인사를 마친 당방혼은 고개를 들어 주위를 살폈지만, 그가 생각하는 사람은 안 보였다.

"뭐 해?"

옆에 있던 당방현이 일행의 뒤로 처진 당방혼을 불렀다. 벌써 일행은 저만치 앞서 가고 있었다.

"혼이 이놈, 뭐 하고 있는 게야! 네놈이 앞에서 길을 열어야지~!"

저만치 앞서 가던 당파추의 말에 당방혼은 서둘러야만 했다.

뒤따르던 당방현이 다시 한 번 모기장을 돌아보았다. 실명객에게 다시 한 번 고맙다고 인사라도 하고 싶었는데 안 보이니까 아쉬웠다.

　출발하자마자 당파추는 당초석 옆에 붙어 섰다.

　"괘씸한 놈, 얼굴 한번 안 내비치는군."

　당초석은 이제는 싱긋이 미소를 지을 수 있었다.

　이번 강호 유람에서 의외로 얻은 것이 많았다.

　당방혼이 개안을 한 것부터 시작해서, 당파추가 후인 양성에 관심을 보이기 시작했다는 것도 그중 하나다. 모기장과 사천당가와의 관계도 흔들림이 없다는 것을 다시 한 번 확인했고. 하지만 가장 큰 수확은…….

　"굳이 나설 필요가 없으니까요."

　"왜?"

　"저기 저놈이 괘씸한 놈의 대역을 충분히 할 것 같지 않습니까?"

　당파추는 얼굴을 돌려 당초석이 가리키는 녀석을 바라보았다. 당방혼이다.

　"팽!"

　당파추는 코웃음을 쳤지만, 그래도 얼굴은 밝았다. 그 나이가 되어서도 초급 무공인 삼지점에 몰두하는 녀석의 모습이 새삼 머릿속에 떠올랐다.

　멀어지는 사천당가의 일행을 보내고 모택근은 실명객을

바라보았다.

"적어도 반달 동안에는 일이 없네. 그때까지는 자네도 할 일이 없을 테니 그동안 밀린 일이라도 좀 하든가."

모택근의 말에 실명객은 방갓을 슬쩍 들어 올렸다.

"때로는 지금 못하면 앞으로도 할 수 없는 일이 있지. 내가 그랬거든. 지금 마누라 말고 좋아하는 계집이 있었는데, 끝내 좋아한다는 말을 못했다가 딴 놈한테 시집가는 것을 볼 수밖에 없었지."

모택근은 빙긋이 미소만 짓고 있었다.

실명객은 대답 대신에 방갓만 위아래로 흔들었다.

모택근은 고개를 끄덕이고는 몸을 돌렸다.

"그나저나 수라방은 결국 낭왕에게 넘어갈 것 같아. 표국 의 국주들도 모두 그것을 바라고."

뒤돌아보던 모택근은 혀를 찼다. 벌써 실명객은 어디로 사 라지고 안 보였기 때문이다. 언제부턴가 혼잣말을 하고 있는 꼴이었다.

*　　　*　　　*

귀등패 나교는 화가 났다.

그의 별호는 귀등패다. 검각의 각주였던 등패군 장각이 돌 아온 것 같다 해서 지어진 별호다. 그래서 얼마 전까지만 해도 사람들은 그를 대할 때면 검각의 각주를 대하는 것 같았다.

지금은 비록 병가보의 새로운 예하 부대로 청룡당을 이끌고 있지만, 한때는 검각의 정예 부대이기도 했다.

지금도 병가보의 정예일 것이다. 백호당과 동급이니까.

하지만 세상 사람들은 그들을 그렇게 보지 않았다.

검각에서 쫓겨나 병가보에 붙었다고들 한다.

그게 사실이 아님에도 불구하고 나교는 아니라고 말을 못하고 있었다. 쫓겨난 것이 아니라 그가 박차고 나온 것인데, 그렇다는 소리도 못했다.

그나마 병가보의 보주이자 정무련의 련주이신 완당군 여상추께옵서는(!) 아수라 유달의 후임으로 나교에게 검후 살인 사건의 수사를 명하셨다.

사실 여상추에게 있어서 최적의 인물이 바로 나교이리라.

왜냐고?

그건 여상추와 나교는 일종의 공범이니까!

여상추의 뜻을 가장 잘 이해하는 사람이 바로 나교일 것이다. 여상추가 진정으로 바라는 것은 범인의 색출이 아니라 사건의 은폐였으니까.

세상을 떠들썩하게 했던 소문도 세월이 흐르다 보면 잊혀지게 마련이다. 시간이 지나면 그때 일들은 사람들 기억 속에서 사라질 것이고, 어쩌다가 기억하는 사람도 한때의 추억거리로 생각할 것이다.

그게 나교와 여상추의 해법이었다.

그리고 그 시간은 사람들의 관심이 다른 곳으로 돌아가면 갈수록 더 빨리 온다.

그리고 한동안 그것은 제대로 먹혀들고 있었다. 광마를 비롯한 오마의 재출현이 바로 그것이었다. 여상추는 광마에 이어서 시의적절하게 식마의 소식을 꺼내 들었고, 그에 맞춰 사천의 강호는 눈과 귀가 모두 아미산으로 몰려갔다.

검후의 죽음은 남의 일일 수 있지만, 오마의 출현은 내 일이 될 수도 있다.

당장에 사람들은 남의 일은 잊어버리고, 앞으로 닥칠지도 모를 자신의 불행에 대해 걱정하기 시작했다.

그때까지만 해도 좋았다. 나교나 여상추는 이제 그렇게 검후에 대해서는 잊혀질 줄 알았다.

그런데 여상추가 자리를 비운 사이, 여일위가 사건을 다시 끄집어낸 것이다.

그래서 나교는 화가 났다.

검각의 서열 이위요, 용문의 문주인 귀등패 나교에서 병가보의 서열 몇 번째인지도 모르는 한직으로 쫓겨난 것도 서러운데, 이제는 청룡당이나 지위상으로 마찬가지인 백호당의 당주한테 지시를 받게 생겼다.

직급상, 그리고 계급상으로 나교는 여일위랑 동급이다. 백호당 당주 대 청룡당 당주이고, 백호공 대 청룡공이다. 그럼 완전히 동급 아닌가?

하지만 그건 겉으로 드러난 것일 뿐, 나교와 여일위를 동일선상에 놓고 보는 사람은 아무도 없었다.

같은 나이라도 하루가 빠르면 형이고, 나이는 어려도 사문에 먼저 들어오면 사형이다. 그런 점에서 여일위는 선임자요, 나교는 후임이다.

게다가 여일위는 병가보의 적자요, 정무련 련주의 아들이다. 다른 말로 하면 소련주가 되시겠다. 아무도 그렇게 부르는 사람은 없지만 다들 그렇게 알고 있다. 그러니 여상추가 없는 동안 정무련을 여일위가 지휘하지…….

그래서 나교는 쫓겨나게 생겼다.

처음에 나교는 여일위에게 따지려고 했다. 어떻게 련주께서 내린 명령을 소련주인 여일위가 회수할 수 있는가 하고 말이다. 하지만…….

"그동안 뭐 하셨소?"

나교를 보자마자 캐묻는 여일위의 질문에 나교는 할 말을 잃었다.

대놓고 여일위에게 묻어두는 것이 사건을 해결하는 길임을 이야기할 수는 없었다. 그랬다가는 여일위에게 꼬투리만 안겨주는 셈이니까.

나교는 조용히 입 다물고 있다가 물러나는 수밖에 없었다.

그리고 오늘 드디어 밉기만 한 낭왕 이단이라는 자가 그를 다시 찾아왔다.

이단이 실내로 들어서자 나교는 엉거주춤 자리에서 일어나다 말았다. 자신이 일어날 이유가 없음에도 자기도 모르게 일어나는 자신을 발견하고는 멈춘 것이다.

나교는 고민에 빠졌다. 왜일까?

나교는 낭왕 이단을 다시 한 번 훑어보았다.

변했다. 사람이 변해도 한참 변해 있었다.

전에 광마를 찾기 위해 정무련을 떠날 때, 그리고 민산 아래에서 그를 만날 때의 이단이 아니었다. 민산 아래에서 만날 때의 이단은 훌쩍 자라 있었는데, 지금은 또 그때와 또 달라져 있었다. 이제는 기백으로, 단지 등장했다는 것만으로 나교를 긴장시킬 만큼 이단은 사람이 변해 있었다.

과거에는 한 마리의 외로운 늑대 같은, 동료가 없어서 믿을 것은 자신의 실력밖에 없는 승부사의 기질이 느껴졌는데, 이제는 일가를 이룬 가장의 책임감과 무게가 느껴졌다. 그것은 곧 위엄으로 나타났고, 그 위엄이 나교를 긴장하게 만들고 있었다.

무엇이 그를 이렇게 바꾸게 만들었을까?

벌써 낭왕 이단이 수라방을 점령했단 말인가? 아직 그런 이야기는 못 들었는데…….

또 모른다. 수라방의 표국 국주들이 낭왕 이단을 차기 방장으로 밀고 있다는데, 벌써 내부적으로 그렇게 결론을 내렸는지 말이다.

어쩌면 지난 이십여 일 사이에 이단이 치른 격전이 그를 성숙시켰는지도 모른다.

그래, 그것일 것이다. 남자들은 싸우면서 큰다지 않은가! 그것도 이단은 식마와 음마, 둘을 처단했단다.

나교는 이단을 만나기 전까지는 그 말을 믿지 않았다.

하지만 이제는 믿지 않을 수 없었다.

낭왕 이단은 더 이상 그가 십여 일 전에 봤던 이단이 아니었다. 그게 거짓이라면 지금의 이단의 일변한 기도를 설명할 수가 없었다.

나교는 그동안 무엇을 했느냐는 이단의 추궁에 아무 말 못하고 한없이 쪼그라들고만 있는 자신을 보고 자괴감에 빠졌다. 역시 한 문파의 맹주감은 따로 있는 듯하다.

나교는 엉거주춤하게 서서는 이단과 눈도 마주치지 못하고 있었다. 그냥 그런 자세로 허리춤에 차고 있는 검의 검자루만을 만지작거리고 있었다.

"가십시다. 가서 그동안 알아낸 것을 들읍시다. 그래서 옳고 그른 것을 찾아보지요."

"옛! 알겠습니다."

나교는 지금 이단이 반 존칭, 반 하대를 하고 있다는 것도, 그에 반하여 자신은 존대를 하고 있는 것도 못 느끼고 있었다.

이단이 청문궁으로 향했다는 소문은 빠르게 정무련 안을 뒤흔들었다. 그리고 사람들은 일제히 이단의 일거수일투족 만 바라보고 있었다.

이단이 청문궁에 도착할 때에는 이미 청문궁 문 앞에 장홍 학이 나와서 그를 기다리고 있었다.

사건 현장이 바로 청문궁 안의 검후 내실이었으니까.

"현장은 아수라가 떠날 때까지, 그때 그대로요."

장홍학은 이단을 위아래로 훑어보며 말했다.

말은 현장을 지키고 있던 사람으로서 의당 할 말이지만, 정 작 장홍학의 눈길은 정황을 설명하는 사람의 그것이 아니었 다. 마치 이 사람이 일을 맡을 자격이나 능력이 있나 자로 재 보는 것 같았다.

이단의 뒤로 나교가 보였지만, 장홍학의 눈에는 그런 사람 은 보이지 않는 것 같았다.

이단은 장홍학과 눈이 마주쳤다.

그를 보는 게 이제 두 번째다. 며칠 전에 있던 여일위가 소 환한 사군회의에서 본 게 처음이고.

끄덕.

이단은 고개만 끄덕였다. 그리고 말없이 장홍학의 곁을 스 치고 지나갔다.

"어? 낭왕, 낭왕……."

당황한 장홍학이 이단의 뒤를 쫓으며 그를 불렀다.

이단을 따라왔던 나교는 그저 난처한 표정으로 그들의 뒤를 따를 뿐이었다.

이단은 실내를 둘러보았다.

그가 떠날 때와 달라진 것이 안 보였다.

"달라진 것이 없다……."

중얼거리며 이단은 다시 한 번 둘러보았다. 역시 변한 것은 하나도 없었다.

"그래, 나라도 여기에는 안 두었을 거야."

이단은 즐겁게 웃기 시작했다.

"청룡공!"

"에, 예?"

이단의 부름에 나교는 화들짝 놀랐다.

"능검후를 가장 끝에까지 수행했던 사람이 바로 청룡공이지요. 능검후께서는 주로 어디를 자주 가셨습니까?"

"자, 자주… 갔다면 아무래도 성도의 하기루(賀氣樓)라든가, 가소전(加笑展)이라든가, 또오……."

이단은 나교의 말을 끊었다.

"바깥이 아니라 정무련 안에서 말이네. 특히 이곳 청문궁 안에서!"

이단의 말에 나교는 멈칫거렸다.

미처 생각지 못했던 부분이다.

그동안 꾸준히 검후의 방, 집무실과 내실을 수색하기만 했지 검후의 행적을 뒤쫓지는 않았다.

"우선 내실이랑 집무실을 보실 생각은 없습니까?"

어느새 나교의 목소리는 부드러운 어조로, 그리고 존칭어로 바뀌어 있었다.

"아아, 그건 아수라와 귀등패께서 충분히 보셨을 테니 내가 더 볼 필요는 없을 듯하고……."

이단은 나교로부터 더 들을 말이 없을 것 같은지 장홍학을 향해 몸을 돌렸다.

"사람들을 불러주시게."

"사람들이라면……."

"이곳 청룡궁을 지킬 사람들. 외부로부터 어떤 사람들의 접근이든 모두 막을 사람들. 무엇보다 삼치검께서 믿고 일을 맡길 수 있는 사람들로!"

"예에잇!"

장홍학은 신이 나서 소리치며 뛰어나갔다.

삽시간에 소문이 돌기 시작했다, 낭왕 이단과 삼치검 장홍학, 그리고 그의 취문 무사들에 의해 청문궁이 고립되었다는 소문이.

이단은 나교의 허락하에 과거 용문, 지금은 청룡당의 무사들을 취조하기 시작했다.

취조라고 하기에는 어설픈 것이, 청룡당의 무사들을 한 명씩 불러다 질문을 두세 개 정도 던지고 돌려보내는 것이 전부였다.

예를 들자면, 갑(甲) 무사에게 검후를 마지막으로 본 게 자네 맞나? 그럼 검후를 마지막으로 본 게 언제 어디서였던가 하고 질문을 한다.

하지만 다음 을(乙) 무사를 불러서는 또 다른 질문을 이어간다. 갑이 검후를 마지막으로 본 게 언제 어디라던데, 그게 맞나? 그럼 그때 을은 어디에서 무엇을 하고 있었나 하는 식이다.

다음 병(丙)을 불렀을 때에는 갑과 을의 증언을 다시 한 번 확인한다.

청룡당의 무사들은 첫 질문에는 예, 아니오로만 대답해야 했고, 다음 질문에는 간단히, 간혹 가다가 상세히 설명을 이어야 했다.

그렇게 질문은 딱 두 개면 충분했다. 아주 가끔 좀 더 상세한 설명이 필요할 때, 한 개의 질문만 더 했다.

하지만 그것으로 충분했다.

첫 번째 갑에게는 하나의 정보, 다음 을에게는 또 하나의 정보, 다시 병에게 하나 더 추가, 이런 식으로 추적을 하다 보

니 당시의 전체 상황이 파악되었고, 뿐만 아니라 검후의 평소
의 행적 또한 분석이 되었다.

군이 나교가 나서서 그 증언을 증명하거나 부연 설명을 하
거나 할 필요가 없었다. 나교는 이단이 그의 수하들을 불러다
하나씩 질문을 하는 동안 식은땀을 흘리며 그냥 옆에 서 있는
것이 그가 할 수 있는 전부였다.

검후는 시간이 나면 청문궁의 가장 위층, 등패군의 집무실
로 올라가서 바깥 경치를 감상하곤 했다. 무엇보다도 그곳에
서 마시는 차 한 잔의 여유가 하루 중 가장 즐거운 때였다고
한다.

그 외에 검후는 수련동에서 여검수들을 직접 지도하기도
했고, 때로는 어린 제자들의 수련을 감상하기도 했단다. 그렇
게 이단은 검후의 일상생활을 확실하게 파악해 냈다.

"거기로군! 자아, 그럼 가볼까!"

이단이 자리를 박차고 일어났다.

장홍학은 얼씨구나 따라나서면서 물었다.

"어디로?"

"어디긴! 검후가 자주 갔다는 등패군의 집무실이지."

이단의 말에 장홍학은 멈칫거렸다.

"왜?"

"아, 아니… 아직 안 가봐서 말이지요."

"안 가보다니? 왜?"

"글씨… 거기 가면 꼭 유령이라도 보게 될 것 같은 게 말이지 말입니다효."

장홍학이 말을 얼버무렸다.

난데없는 장홍학의 치기 어린 이야기에 이단은 얼결에 웃음을 터뜨렸다.

결국 이단은 장홍학과 나교를 앞장세우고 등패군 장각의 집무실로 들어갔다.

방의 주인이 죽은 지 일 년, 그리고 이 방을 자주 드나들던 검후가 죽은 지 이십여 일이 지났건만, 그 방은 여전히 주인이 살아 있는 것처럼 아무렇지도 않았다.

"흐흐흐흠."

이단은 눈빛을 빛내며 실내를 둘러보았다.

그가 그러는 동안 그를 따라온 나교는 안절부절못하고 있었다.

그곳은 실내 전체가 서재로 되어 있었다. 도저히 정통 무가의 가주 집무실이라는 생각이 안 들었다. 등패군의 평소 성품을 알 수 있는 부분이었다.

여러 개의 서랍이 달린 넓은 서탁에 등받이가 높은 의자, 그리고 팔각형의 팔면을 둘러싸고 책꽂이가 빙 둘러싸고 있다. 그리고 동서남북 정방향으로 넓은 창이 나 있다. 방 밖으로는 건물을 둘러서 빙 돌아가며 복도가 있었다. 전형적인 목탑의 양식이다. 한마디로 이곳에 올라오면 정무련의 사방 모든 곳을 볼 수 있는 셈이었다.

넓은 창마다 휘장이 늘어져 있고, 서탁에는 문방사우가 마련되어 있어서 언제라도 즉시 글을 쓰고 서간을 내려보낼 수 있는 곳이다. 서탁 끄트머리에는 의자에 앉았던 주인이 당장에라도 집어 들고 머리에 쓸 것처럼 영웅건이 얌전하게 개켜져 있었다. 비단에다 이마 한가운데에 호안석으로 보석까지 박힌 영웅건이었다.

이단은 손가락 마디를 두들기며 소리를 냈다. 그러면서 콧소리를 흥흥거렸다. 무언가에 놀라기라도 했는지 나교가 펄쩍 뛰자 허리춤에 차고 있던 검이 쩔렁거렸다.

"결국 여기였어."

이단은 몸을 한 바퀴 빙 돌리면서 실내를 둘러보고는 말했다.

"뭐, 뭐가?"

이단은 성큼 큰 걸음으로 창가로 다가갔다.

그리고 휘장을 펼쳤다.

아무것도 없다.

"이상한 것을 못 느끼겠나?"

이단의 말에 장홍학은 고개를 갸웃거렸다.

"보라고. 네 방향에 나 있는 창들, 그리고 이 창에 걸려 있는 휘장 말이야."

"그까짓 것……."

뭐가 중요하냐고 되물으려던 장홍학은 입을 다물었다.

창가의 이단은 장홍학에게 이래도 모르겠냐고 묻고 있었다.

"보이나?"

이단이 가리키는 것을 장홍학이 다가서서 보았다.

창문을 가리고 있는 휘장.

생각해 보니 장홍학은 그런 것을 유심히 지켜본 적이 없었다. 하지만 지금은 이단이 가리키는 것을 볼 수 있었다.

휘장을 묶어놓는 매듭이 휘장과 안 어울렸다. 장홍학은 실내를 둘러보았다. 다른 창에 늘어진 휘장과 매듭은 모두 휘장과 같은 천을 사용해서 티가 안 나게 되어 있지만, 여기 이 창의 매듭만은 원래의 매듭이 아니었다.

"저것도 다르군."

이단은 다가서서 벽에 걸린 서화를 떼어냈다.

"그건 또 왜?"

"모르겠나?"

이단은 옆에 있는 사군자화를 또 떼어냈다.

"어? 어라?"

장홍학은 눈을 동그랗게 떴다.

서화를 떼어낸 자리가 달랐다.

하나는 서화를 떼어낸 흔적이 없는데, 다른 하나는 벽지에 걸렸던 사군자화 자국이 그대로 남아 있었다.

"사군자화는 원래부터 걸려 있던 것이지만, 이쪽에 서화는 최근에 걸어놓은 것이지."

"그건 누구나 알 수 있는 거잖아!"

장홍학은 애써 호기를 부렸다.

"그렇지! 그런데 누가? 주인도 없는 방을 누가 일부러 꾸민단 말인가? 그것도 이렇게 균형감없이……."

이단은 다시 휘장을 가리켰다.

"여기 좌우 휘장을 보게. 고정시킨 매듭이 다르잖아. 저쪽은 띠고, 이쪽은 장식 방울이 달린 수실이야."

"휘장? 아아, 그러고 보니……."

장홍학이 손을 비비며 창가로 다가왔다.

그곳만 달랐다.

다른 모든 창은 휘장을 묶은 줄이 휘장과 같은 색의 띠인데, 그 휘장만은 수실이 달린 장식 끈과 보옥이 박혀 있는 비단 띠로 되어 있었다.

"그런데 그게 뭐요?"

"뭐긴! 기념품이지!"

"기념품? 무슨 기념품?"

"검후를 거친, 아니, 검후가 섭렵한 남자들의 기념품."

"남자의 기념품?"

장홍학의 눈이 화등잔만 해졌다.

"이 물건의 주인이 바로 검후의 방을 드나들던 남자 중의 한 명이다. 그리고 이건 또 다른 한 명의 것이고."

이단은 자신있게 말하며 띠를 풀었다. 붉은 주단으로 된 띠였다.

"머리띠로군!"

이단이 그 주단 띠를 들어 보이며 중얼거렸다.

"이 머리띠의 주인은 누구일까?"

이단은 주단 머리띠를 들어 보이며 물었다. 머리띠에 수놓아진 글자 덕분에 바로 원주인이 밝혀졌다.

장홍학이 감탄사를 터뜨렸다. 이제는 망설일 것도 없이 장홍학은 밖의 무사들을 불렀다.

그동안 두 사람 뒤에 있던 나교는 오금이 저렸다. 시시각각 이단의 추적은 그를 쫓고 있었다.

그리고 그것이 시작이었다.

이단이 사건의 단서를 찾았다는 소문이 삽시간에 정무련 안에 퍼졌다.

이단의 설명은 이러했다.

네 개의 창, 그리고 각 창마다 좌우로 두 개씩, 합 여덟 개의 휘장. 휘장이 여덟 개면 휘장을 묶는 매듭도 여덟 개다. 그런데 다른 여섯 개의 끈은 모두 정상인데, 이 두 개의 매듭만은 원래의 것이 아니라 하나는 머리띠요, 하나는 수실이다.

즉, 일부러 다른 것으로 바꾼 셈이다.

또 서탁 위에 자연스럽게 놓여 있는 영웅건은 지나치게 화려했다. 항상 검박한 복장을 선호하던 등패군 장각과 비교했을 때 그가 사용할 물건이 아니었다.

"검후는 하나씩 차례로 휘장 매듭을 바꿀 생각이었는지도 모르지. 그런데 그게 이렇게 두 개까지 바꾸고 끝이 난 것 같군."

그렇게 따지니 이 방의 원주인의 것과 다른 것들이 보이기 시작했다.

먼저 먹이 그렇다. 다른 문방사우는 등패군 장각이 사용하던 것인데, 먹은 한 번도 쓴 적이 없는 완전 새 제품이다. 먹의 옆에 새겨진 주묵(朱墨)이라는 글자가 하나도 틀어진 것이 없다. 그것도 최상품의······.

검소한 장각에게 최상품의 물건이라는 것도 안 어울리는데, 한 번도 쓰지 않은 새 제품이라는 것도 문제다. 이건 장각이 죽은 후에 다른 사람이 이곳에 갖다 놓은 것이다. 다른 사람이라면 결국 검후밖에 없고.

다음으로 벽에 새로 걸린 서화가 발견되었다.

방의 주인인 등패군 장각이 죽은 지 일 년이 지났다. 이 방이 일 년 전의 모습 그대로라면 벽지도 색이 바래서 벽에 걸린 것을 떼어내면 벽지 위에 고스란히 자리가 남아야 한다. 그런데 새로 걸린 서화는 떼어내도 벽에 걸렸던 흔적이 안 남

아 있다. 즉, 서화는 이 방에 걸린 지 얼마 되지 않은 것이라
는 뜻이었다.

무인의 집무실과는 어울리지 않는 경대도 발견되었고, 그
런 식으로 장각의 사후에 바꿔치기 된, 또는 새롭게 배치된
물건들이 속속들이 밝혀졌다.

붉은 주단 머리띠의 주인은 검각, 용문의 신진 후보 검수였
다가 소질이 없어서 집으로 돌아간 소년이었다. 이제 고작 열
두 살에 불과한, 아직 상투를 틀지 못한 소년이 긴 머리를 묶
을 때 사용하던 머리띠였다. 그렇게 불려온 소년은 겁에 질려
서 자신의 머리띠가 왜 이곳에 있게 되었는지를 이실직고하
기 시작했다.

다음으로 소년을 검후에게 안내한 과거 용문의 무사가 끌
려왔다. 용문 무사도 검후와의 관계를 토설했다.

그림에 찍혀 있는 낙관 덕분에 서화의 주인도 발각되었다.

정무전을 장식하기 위해 완당군 여상추의 초상화를 그리
려고 정무련을 방문했던 화가가 주인이었다. 그도 결국 자신
의 서화가 왜 여기 걸려 있게 되었는지, 왜 검후에게 기념으
로 자신의 서화를 선물했는지 안절부절못하며 횡설수설하다
가 결국은 모두 밝혀냈다.

그렇게 한 사람 한 사람씩 자신의 물건과 그 물건이 왜 이
곳에 있게 되었는지를 밝혔고, 그렇게 능검후 호란의 남성 편
력이 밝혀지기 시작했다. 열댓 살의 소년에서부터 오십대의

유명 화가에, 거기에 과거 용문의 호위무사까지…….

십여 명의 인물이 추궁을 당했고, 모두 검후와의 관계를 밝혀냈다.

구경났다.

이단은 사람들을 불러들였고, 끌려올 때마다 그들은 자신과 검후와의 관계를 토설했다. 처음에는 자신은 억울하다고 울며불며 사정하다가, 하지만 검후의 죽음과 자신은 아무 관계가 없다고 사정하는 것으로 끝이 났다. 그리고 자신 말고 또 다른 사람을 범인으로 지목을 하고.

그 과정이 반복되면서 검후의 남성 편력은 어느새 십여 명으로 증가되었다. 그리고 그렇게 끝이 나는 듯했다.

청문궁 전체와 가장 위층인 둥패군 장각의 집무실은 취문의 철통과 같은 호위 덕분에 아무나 함부로 접근할 수 없어서 망정이지, 그렇지 않았으면 벌써 사람들은 이 좋은 구경을 하느라 인산인해를 이루었을 것이다.

다행히도 청문궁에는 검각과 관련된 사람들 외에는 접근할 수 없었고, 덕분에 폭로되어 버린 능검후 호란의 남성 편력은 적당히 은폐가 되었겠지만…….

하지만 청문궁의 소식을 듣고 몰려든 수많은 사람들의 눈과 귀를 모두 막을 수는 없었다.

그들은 시시각각 청문궁으로 불려가는 사람들을 보면서

누가 끌려갔고, 다음에 누가 거명되었는지를 다 보고 들었다. 그렇게 그들의 입을 통해 또 다른 소문이 만들어지고 있었다.

청문궁의 꼭대기 층까지 쫓아 올라온 장홍란이 화가 나서 발을 굴렀다.

"이게 뭐 하는 짓입니까? 취문 문주 삼치검께서는 지금 여기에서 무엇을 하고 있는 겁니까?"

장홍란 대신에 모용정이 소리쳤다.

"아, 아니, 누이!"

장홍학이 말을 더듬었다.

"보고도 모르십니까? 범인을 찾고 있습니다. 이들은 모두 용의자들이지요. 하나같이 검후를 죽일 만한 나름대로의 이유가 있는……."

이단은 아무렇지도 않은 표정에 침착한 목소리로 팔짱을 낀 채 말했다.

"하지만, 하지만……."

모용정은 할 말을 잃었다.

다시 장홍란이 발을 굴렀고, 모용정에게 수신호를 보냈다.

"그래, 조용히 해결할 수도 있잖아요."

조금은 누그러진 목소리로 모용정이 대신 따졌다.

"취왕! 어떤 게 검각과 봉문, 그리고 취문을 위해 유리할까

요? 더럽혀진 과거의 명예를 생각하기보다 이제는 새로 쌓아
올릴 검각의 이름을 생각해야 하지 않을까 싶습니다."

이단은 눈빛 한 번 흔들리지 않고 말했다.

장홍란은 할 말을 잃고 멍하니 이단을 바라보았다.

"이미 사건은 검후가 채음을 당할 때부터 감출 수 없게 되
었습니다. 그건 사천에서 강호에 몸을 담은 사람이라면 모두
가 알고 있는 비밀 아닌 비밀이니까요. 차라리 곪은 상처를
도려내시지요."

이단의 말에 장홍란의 눈빛이 흔들렸다.

이단의 말이 맞았다.

검후의 죽음은 이미 세상 사람들이 모두 알고 있는 사실이
었고, 이제는 감추려 해도 감출 수가 없었다. 오히려 감추려
든다면 더욱 의심스런 눈초리로 검각을 바라볼 것이다.

실추된 검각의 명예를 다시 살리는 길은 검각을 새롭게 재
정비하는 것이다.

검후와, 그리고 사건과 연루된 용문의 흔적을 완전히 지워
버리고 새로운 검각을 만드는 것이다. 다행히도 장홍란의 봉
문, 장홍학의 취문은 이 사건과는 아무런 관련이 없으니 소문
을 비켜갈 것이다. 그럼 취문의 장홍학으로 하여금 사건 해결
에 힘이 되도록 하는 것도 좋은 방법이다.

"흥!"

장홍란은 콧방귀를 뀌면서 몸을 돌렸다. 그리고 유모만 동

행한 채 그 방을 나섰다.

장홍학은 아무 소리 못하고 두 사람의 눈치만 살폈다.

그렇게 사건은 진행되고, 어느새 수실과 먹, 그리고 영웅건만 주인을 못 찾고 있었다.

"아니, 수실의 주인은 찾았어."

"수실의 주인은 언제?"

이단은 이때까지 말도 않고 숨만 죽이고 있던 나교를 돌아보았다.

"이제 그만 이야기할 때도 되었잖아, 귀등패!"

이단의 말에 장홍학은 찢어져라 눈을 부릅떴고, 나교는 두 눈을 질끈 감았다. 결국 올 것이 왔구나 하는 심정이었다.

"언제 아셨소?"

"처음에는 몰랐지. 하지만 확신이 들더군. 용문, 아니, 이제는 청룡당이지. 청룡당의 위사들과 이야기를 나누는데, 그동안 귀등패께서는 검자루만 잡고 만지작거리니 신경이 안 쓰일 수가 없었지. 그런데 모두 검자루에 수실을 달고 있더군. 귀등패만 수실이 없었는데, 마침 남은 게 수실이지."

이단은 수실을 귀등패 나교에게 내밀었다.

"귀등패 공의 실수가 뭔지 아시나? 그렇게 긴장하지 않았으면 이렇게 빨리 알 수는 없었을 거야. 범인은 반드시 사건 현장에 나타나는 법이지. 왜일까? 혹시 자신이 발각되지 않앗을까 하는 조바심 때문이야. 마찬가지로 귀공께서도 내내 검자루를 잡고 안절부절못했으니, 나보고 그걸 보라는 소리밖에 더 되나!'

나교가 떨리는 손으로 수실을 받았다. 그리고 그것을 자신의 검병에 묶었다.

"언제부터 알았소?"

"사실은 처음부터 귀공을 염두에 두고 있었지. 공께서는 타당한 이유도 없이 사건 수사를 내내 방해했어. 왜일까? 그것은 바로 공께서 사건과 연루되어 있기 때문……."

체념한 듯 나교는 고개를 끄덕였다.

"하지만 당신은 결국 범인을 밝혀내지 못할 것이오. 아니, 사건을 해결한다 해도 더 이상 아무것도 할 수 없을 것이오."

이단이 눈을 빛냈다.

"왜지?"

"왜냐하면 그것은 당신의 영역 밖이니까!"

그 말을 끝으로 나교는 검을 뽑았다.

놀란 장홍학이 본능적으로 검을 뽑았지만, 그의 검이 채 검집을 다 빠져나오기도 전에 나교의 검은 바닥에 떨어졌다. 몸에서 분리된 자신의 수급과 함께 말이다.

자결한 것이다.

"이야기하는 게 그렇게 무서웠나 보군."

이단은 그럴 줄 알았다는 듯이 혀를 찼다.

장홍학은 그저 멍하니 여전히 침착한 이단과 이제는 죽어버린, 하지만 아직도 붉은 피를 뿜고 있는 나교의 시신을 번갈아 바라보고 있었다.

第六十七章
그럼 영웅건 하나만 남았나?

狼王

또 다른 용의자가 잡혔단다. 그런데 그는 추궁당하기 전에 먼저 자결을 했단다.

그게 다름 아니라, 청룡공 귀등패 나교란다. 현장에서 발각된 나교는 채 손쓸 새도 없이 제 목을 제 칼로 베어버렸단다.

이어서 그동안 감추어졌던 정황들이 드러났다.

이단의 예상대로 검후는 자신이 섭렵한 남자들로부터 추억이 될 만한 물건 하나씩을 받아두고 있었다.

나교의 검에 단 수실이 그 대표적인 예다.

그것들은 곧 증거로 채택되었고, 십여 명의 노소를 가리지 않은 남자들이 용의자가 되어 정무전으로 압송되었다.

그렇게 시끄러운 하루해가 지기 시작했다.

*　　　*　　　*

어제 성도를 출발한 상단은 기운차게 남경을 향해 달렸다.

선두는 용성표국의 국주가 맡고 있고, 후미는 아수라가 맡고 있었다. 아수라가 함께하는 만큼 상단을 위협할 만한 것은 아무것도 없었다. 수라방의 아수라이기 때문이다.

상단을 공격하는 것은 곧 아수라를 공격하는 것이고, 그것은 수라방을 동시에 적으로 삼는 것과 마찬가지니까 말이다.

일정에 맞춰 출발을 했고, 유명한 표사들이 붙었으니 상단은 급할 것 하나 없었다.

그렇다면 상단은 마음 편하게 이동하면서 주위 산천도 구경하고 때로는 물 좋은 곳에서 놀기도 해야 하건만, 그들은 그렇지 못했다.

특히나 그런 행로를 예상했던 금백점의 소공녀는 더욱 마음이 불편했다. 그녀의 마차를 뒤따라오는 관이 자꾸만 신경 쓰였기 때문이다.

빈 관을 끌고 가는 것도 기분 상할 일인데, 저건 빈 관이 아니라 사람이 들어 있는 관이다. 그것도 산 사람이.

아수라인지 뭔지, 무슨 산 사람이 관 속에 들어가 누워 있는단 말인가! 아무래도 아비가 죽었다더니, 미쳤나 보다.

금백점의 소공녀는 산 사람이 누워 있는 관을 혹시라도 보게 될까 무서워서 마차 밖으로 고개도 못 내밀었다.

벌써 반나절이다.

반나절 동안 소공녀 화란(華蘭)은 마차만 타고 가면서 마차 밖으로는 얼굴 한 번 못 내밀었다. 사천의 수려한 경치도 구경하지 못했고, 마차 안의 탁한 공기마저 신선한 공기로 갈지 못하고 있었다. 이쯤 되자 서서히 짜증이 밀려왔다. 처음에는 무서워서였지만 시간이 지나니까 짜증이 났다.

중찬을 먹기 위해 겨우 마차가 객잔에 멎었을 때, 소공녀는 마차 밖으로 뛰어내렸다. 당장에 용성표국 국주를 향해 가서 따졌다.

뒤따라오는 관을 치워달라는 것이었다.

하지만 용성표국 국주로서는 결코 들어줄 수 없는 주장이었다. 아수라가 표행에 따라간다는 말에 맡은 표행이다. 아수라가 없으면 표행 자체가 있을 수 없다.

용성표국 국주가 물러설 것 같지 않자, 소공녀는 자신의 주장을 철회했다. 대신에 다른 것을 부탁했다.

마차 위치를 옮겨달라는 게 그녀의 주장이었다.

"이것마저 안 들어준다면 나는 성도로 돌아가겠어요. 절대로 이렇게 공포스러운 분위기 속에서 상단을 쫓아갈 수는 없어요. 나는 유람을 나온 거지, 공포 체험 특급 같은 모험을 나온 게 아니라구요!"

소공녀의 말에 용성표국 국주는 난감했다.

화물보다 중요한 게 그녀의 안전이다. 그래서 가장 고수인 아수라의 바로 앞에 그녀를 두는 게 가장 최선의 방법인데……

문제는 출발할 때 관 속에 들어간 아수라가 당최 관 밖으로 나올 기미가 안 보인다는 것이었다.

고민 끝에 용성표국 국주는 화란의 말을 따르기로 했다.

마차를 상단 전체에서 한가운데로 옮기기로 말이다. 그렇게 하면 표사들이 상단을 보호하는 이상 마차도 보호받게 될 것이고, 표사들이 싸우는 동안 아수라도 관 밖으로 나올 테니까 말이다.

그런 사소한 일(?)에 정신이 팔려 있느라 용성표국의 국주는 그만 상단의 맨 선두의 기수가 표국 깃발만 챙기고, 객잔에다 수라방과 아수라의 깃발을 놓고 온 사실을 놓치고 말았다.

그렇게 상단은 용성표국의 깃발만 든 채로 표행을 계속하고 있었다.

*   *   *

이단은 다시 한 번 방을 둘러보았다.

아직 주인이 나타나지 않은 물건들이 보였다.

"이제 남은 것은 먹이랑 영웅건이란 말이지."

방의 정면에서 보이는 서탁, 삼면에 가득한 책장, 그리고 사 방의 창과 그 창을 가리는 좌우 휘장.

그러니까 이 방에 들어오면 가장 먼저 볼 수 있는 것이 창과 휘장이다.

다음으로 침상이 눈에 들어온다. 침상 곁에 놓여 있는 문방 사우. 문방사우 중에서 뒤바뀐 것은 먹뿐이다.

"그럼 이제 어떻게 하지? 용의자들을 추궁해야 하는 것 아 닌가?"

장흥학이 혼잣말처럼 중얼거렸다.

내려갔던 장흥란도 어느새 다시 올라와서 조용히 이단의 다음 말을 기다리고 있었다. 장흥학의 말에 장흥란은 이단을 방해하지 말라는 것처럼 검지를 치켜들고 조용히 하라며 입을 가렸다.

장흥학이 인상을 찡그렸지만, 결국 그도 입을 다물었다. 여 전히 찌그러진 얼굴은 풀어질 기색이 안 보였다.

이단은 인상을 찡그렸다. 안 풀린다. 이 방에 들어온 것이 이번이 처음이기 때문에 무엇이 어떻게 바뀌었는지를 알 수 가 없었다.

여자 물건, 여기 없던 물건은 찾아냈는데, 그것이 다였다. 검후는 왜 이 방을 그렇게 자주 들락거렸을까?

"벌써 한 건 했다더군!"

때마침 여일위가 올라왔다.

이단은 가볍게 고개만 까닥거렸다.

"이렇게 빨리 해결할 줄은 몰랐는데……."

여일위는 아쉽다는 듯이 혀를 찼다.

"그럴 수밖에."

무미건조한 이단의 말에 여일위도 수긍을 했다.

"남들은 왜 이곳을 뒤질 생각을 못했을까!"

"이곳을 생각하지 못한 게 아니라 아수라가 아래층을 수색했으니까, 그 덕분에 나는 이곳으로 눈을 돌릴 수 있었던 거요. 어쩌면 아수라 역시 다음으로 이곳을 뒤졌을지 모르는 일이오."

맞는 말이다.

유달은 이 잡듯이 검후의 집무실, 내실을 뒤졌다. 비밀 통로까지도 수색했고. 그렇게 뒤졌으니 그쪽에는 남아 있는 것이 없었을 것이다.

그럼에도 불구하고 다른 사람들의 흔적을 찾을 수 없다면?

그럼 그것은 다른 데 있다는 뜻이다.

그래서 이단은 아예 검후의 집무실 등은 쳐다보지도 않았던 것이고.

—괜히 네 공을 남의 덕으로 돌리는 바보가 어디 있어!

머릿속에 들려오는 소리에 이단은 입맛이 썼다.

"이제 뭐가 남았나?"

여일위의 말에 장홍학이 먹과 영웅건을 내밀었다.

"흐흐흐흠."

여일위가 먹의 향을 맡느라 코를 벌름거렸다. 이제 갈수록 재미있어진다는 표정이었다.

"어찌할 텐가? 이제 손을 들고 포기할 건가, 아니면 계속해서 끝을 볼 텐가?"

이단이 눈을 빛냈다.

"시작했으니 끝을 봐야겠지."

"그래요, 낭왕. 그럼 언제 심문을 하실 생각이십니까? 청문궁 안에 심문장을 만들까요, 아니면 정무전에서 하실 생각이십니까?"

장홍학이 소리쳤다. 죽은 사람이 검각의 검후이고, 그녀의 죽음과 관련된 많은 사람이 검각의 사람들이라는 생각에 장홍학은 분해하고 있었다.

"아무래도 정무전이 낫겠지."

여일위가 결론을 내렸다.

"아니, 심문은 무의미하오."

"뭐?"

장홍학이나 여일위나 너나 할 것 없이 동시에 놀라서 소리쳤다. 말 못하는 장홍란도 신음 소리를 흘릴 지경이었다.

"그들은 단지 검후와 관계가 있는 사람들일 뿐이야. 피라미인 셈이지."

이단이 설명을 시작했다.

검후는 채정당해서 죽었다. 범인은 검후에게서 정기의 마지막 한 방울까지 다 빼앗아갔다.

그런데 검후는 고수였다, 그것도 일류 수준을 뛰어넘어서 절정 급의.

채정이라는 것은 고수가 하수의 정기를 빼앗는 것! 그래서 고수가 하수에게 채정당하는 일은 거의 없다.

결국 범인은 검후보다 고수라는 뜻이다. 초절정 내지는 최소한 절정고수 이상이라는 소리인데…….

자결한 나교가 거의 일류 수준을 넘어 절정에 반열에 들어갈 수 있을까? 그 외에는 다 일, 이류. 도토리 키 재기 수준이었다.

"아!"

여일위가 손으로 이마를 찰싹 두들겼다.

"치정(癡情)에 정신이 팔려 버린 나머지 가장 중요한 것을 잊어버렸군."

"그럼 당연히 연행된 사람들 중에는 범인이 없겠군요."

장홍학의 목소리가 풀이 죽었다. 이제 곧 범인을 잡아서 실추된 검각의 명예를 다시 세울 수 있으리라 생각했는데…….

"그럼 범인은 아직 못 찾은 건가요?"

이단이 서탁 위를 가리켰다.

"저 둘 중 하나겠지."

이단의 말에 사람들의 시선이 일제히 서탁으로 향했다. 남은 물건, 먹과 영웅건이 보였다.

"그리고 저 두 사람 정도가 되어야 나교가 함구하기 위해서 자살을 할 만하지."

"그들이 누군데요?"

이단은 먹을 집어 들었다.

"먹에 새겨진 글귀 보이나? 주묵! 아마도 주 씨가 만든 먹이라는 뜻이겠지. 게다가 맑은 솔의 향기까지. 그렇다면 이건 최상품으로 정평이 나 있는 주만초(朱萬初)의 송연묵(松煙墨)일 거라 보이오. 그럼 백여 년 전에 만들어진 물건인데, 모조품일지라도 주만초의 물건이라면 쉽게 구할 수 없는 법! 이런 비싼 물건을 취급할 수 있는 곳이 어디 있을까?"

이단은 벌써 먹의 주인을 알고 있다는 듯이 웃어 보였다.

슬슬 사람들도 이단의 미소의 의미를 알 것 같았다.

사패 중에서 비싼 물건을 취급하는 곳. 약재야 비싼 것이 있다지만, 그것은 사람 생명을 살리는 것이다. 그게 아니라 다른 소비품이 비싼 경우는 희소성 때문에 있는 자들만이 사치를 누리는 경우다.

그럼 병가보도 아니고, 검각도 아니다. 한 곳밖에 안 남는다. 수라방이다. 수라방의 고수라면 전노군 유장한, 후영한조 정운, 그리고 아수라와 이단 정도다.

"오호호홍, 그럼 네 명으로 압축되는군요."

장홍학이 손가락을 꼽으며 말했다.

이단이 장홍학의 세 손가락 중에서 엄지와 중지를 접었다.

"산 사람이 죽은 사람을 무서워할 리는 없는 일이지. 그럼 전노군과 후영한조는 제외될 테고."

"그럼 둘이네?"

그리고 이단은 실실 웃으면서 약지를 접었다. 이제 검지만 남는다.

"그리고 그 시간에 나는 성도에 없었다지, 아마?"

"오호호홍, 그럼 결국 아수라도……."

장홍학이 알 것 같다는 듯이 키득거렸다. 재미있다고 웃는 장홍학을 장홍란이 옆구리를 쿡 찔러서 체통을 지키라고 신호를 보냈다.

그 와중에도 여일위는 반응이 없었다. 그리고 이단은 그것을 놓치지 않았다. 아마 여일위는 먹의 주인이 아수라 유달이라는 것도 미리 알고 있었으리라.

"그럼 영웅건 하나만 남았나?"

이단은 고개를 끄덕였다.

이단과 여일위가 눈이 마주쳤다.

둘 다 머릿속에 떠오르는 사람이 있었다.

여일위는 이미 그가 범인이라는 것을 알고 있었고, 이단은 그가 범인이라는 심증이 있었다.

하지만 어느 누구도 그 사람의 이름을 입 밖으로 거론하지 않았다.

"그럼 다 끝난 것인가?"

여일위는 다른 무사에게 연행된 자들을 석방하라고 지시를 내렸다. 아니, 막 지시를 내리려는데, 그것을 이단이 제재했다.

"아니, 그들은 그대로 두는 것이 좋겠소."

"왜?"

이단이 자신있게 말했다.

"그가 방심할수록 좋은 일이니까."

"오호~! 그렇지, 그렇지."

여일위가 감탄사를 흘렸다.

용비교 시보만 똑똑한 줄 알았는데, 여기 그에 못지않은 사람이 또 있었다.

여일위는 이제 결정을 내렸다.

슬슬 끝을 볼 때가 되어가고 있었다.

이제는 그도 준비를 해야 할 것 같았다.

여일위는 그들을 부르기로 했다.

*   *   *

성도 무후사(武侯祠)에 난데없이 거지 하나가 나타났다.

그것도 너무 늙어서 금방이라도 길거리에서 나자빠져도

하나 이상할 것 없는 거지다.

무후사란 과거 위—촉—오의 삼국시대, 유비를 중심으로 하는 촉한의 영웅들을 모시는 사당인데, 뜬금없이 웬 거지?

그런데 그 거지가 나오자, 무후사 곳곳에서 거지들이 쏟아져 나왔다.

보령에서 성도까지 내려온 늙은 거지 노도개 장판지가 먼저 각설이 타령을 선창하자, 거지들은 일제히 타령을 불러젖혔다.

그런데 그 각설이 타령이라는 것이 흔히 거지들이 부르는 구걸가(求乞歌)가 아니라, 장판지의 선창을 다른 개방 제자들이 따라 부르는 형식이었다.

그렇다 보니 가사가 조금씩 달랐다. 원판 구걸가에는 들어 있지 않은 내용이 들어 있는 것이다.

"봉화대에 불길이다! 연기가 올랐구나! 밥 한술 아긴다고 네 배가 터질까!"

"내 칼은 어디 있나? 곳간에 숨겨놓았지! 그 밥알 끼고 있다 쉰밥 먹고 배탈 나라!"

"창과 방패를 꺼내 들라! 깃발 아래 모이는구나! 보시가 딴 것이냐, 내가 바로 보살인데!"

성도의 개방 거지란 거지들은 다 모여서 무후사에서 구걸가를 부르고 있다는 소문은 빠르게 사천 전체로 퍼져 나갔다.

* * *

사람이 가장 긴장이 풀어지는 때는 동이 틀 때와 해가 질 때다.

동이 트면 하루 일과가 시작되니 채 잠에서 깨지 않은 몸이 변화에 적응을 못할 때이고, 해가 질 때는 하루 일이 끝난다는 생각에 정신보다 먼저 몸이 늘어지는 법이다.

그리고 그때가 가장 위험한 법이고.

아니나 다를까, 딱 그때를 노리고 용성표국의 상단을 산적들이 기습했다.

하필이면 지금 이곳은 잠운산(쯕雲山)이었다. 사천에서도 높다고 이름 높은 산.

당연히 이곳에는 산의 명성에 걸맞은 산채가 있는 법이고, 또 당연히 이곳에서 활동하는 산적이라면 잠운산 산채 소속이다. 부두목만도 대여섯 명에 이르는 대채였다.

이곳을 지나면서도 용성표국의 국주는 걱정하지 않았다. 왜냐하면 지금 표행은 용성표국의 이름만 걸고 가는 것이 아니니까 말이다. 용성표국 이름 위에 아수라, 아수라라는 이름 위로 다시 수라방의 이름을 걸고 있었다.

당연히 사천에서 알아주는 대채이니 수라방과 교류가 있

그럼 영웅건 하나만 남았나? 147

고, 수라방의 깃발을 달고 가니까 통행세 등등은 신경 쓸 것 없이 그냥 무사 통과가 정상이었다.

그런데 산적들이 상단을 치고 있었다.

너무 놀라 용성표국 국주가 나서서 중재를 청했지만, 나름 명망있는 산적들은 용성표국의 국주 말 따위는 듣지도 않았다.

사천의 듣도 보도 못한 조그만 표국 따위가 미리 사전에 연락도 안 하고 허락도 없이 산 밑을 지나간다고?

역사와 전통을 자랑하는 잠운산(岑雲山) 산채로서는 결코 용서할 수 없는 일이었다.

길을 막은 산적의 우두머리는 당장에 수하들에게 지시를 내렸다.

치라고!

용성표국의 국주는 깜짝 놀라 소리쳤다.

상단의 맨 앞에 걸린 깃발도 안 보이냐고.

소리치던 용성표국 국주는 얼굴이 새하얘졌다.

그제야 그는 상단 맨 선두에 가는 기수가 그만 용성표국 깃발만 들고 있지, 수라방과 아수라의 깃발은 어디 가고 안 보인다는 것을 깨달았다.

"아수라~! 아수라! 큰일 났소! 아수라아……!"

용성표국 국주는 소리를 지르며 상단의 후미로 달려갔다.

그보다 빨리 산적들이 날뛰었고, 상단 사람들은 비명을 지르며 달아나기 시작했다. 당연히 용성표국 국주의 발길에 걸리는 것들이 많았고.

결국 용성표국 국주는 아수라의 관까지 가지도 못하고 칼을 맞고야 말았다.

사람들은 비명을 지르고, 제대로 전열을 갖추지 못한 표사들은 달아나기에 바빴다.

산적들은 손쉽게 상단의 한가운데 위치한 화려한 마차를 발견했다. 어느새 마부는 달아나 버렸고, 남은 것은 문이든 창문이든 꼭꼭 닫혀 있는 마차뿐이다.

보지 않아도 뻔하다. 저 안에는 귀부인이나 아리따운 소공녀께서 앉아 계시겠지.

용성표국 국주가 부상당한 몸으로, 그리고 몇 명의 표두, 표사들을 이끌고 겨우 마차를 막고 있지만 역부족이다.

산적들은 음흉한 미소를 지으면서 천천히 마차를 향해 다가갔다.

오늘 출행을 지휘하는 잠운산 산채의 부두목은 간밤에 꿈이라도 잘 꾸었나 하며 기분이 좋았다.

이런 대규모 상단을 건진 것은 물론이요, 거기에 덤으로 인질까지 잡게 되었다. 귀부인이든 소공녀든 상관없이 두둑하게 몸값까지 챙길 수 있으니 좋은 일 아닌가?

비싼 계집이라 함부로 대하지 못해서 허리를 풀지 못하는 것이 좀 아쉽기는 하지만, 그래도 그런 귀부인, 소공녀는 당연히 몸종 하나 정도는 데리고 다닐 테니까 몸종으로 대신하면 충분하리라.

혹시 생각 밖으로 예쁘면 생각이 바뀔 수도 있고.

"살살 다뤄라. 귀하신 분이시다아."

이야기하며 잠운산 산채 부두목은 박도의 두툼한 옆면으로 손바닥을 착착 두들기며 흥을 돋우었다.

드디어 마차 문이 뜯겼고, 마차 안에 있던 두 계집이 끌려나왔다. 둘 다 젊다. 한 명은 몸종, 다른 하나가 뉘 집 귀한 딸이리라. 둘 다 살려달라고 울부짖는다.

아직 잘 모르나 보다. 저렇게 사정하고 매달릴수록 산적들의 흥을 돋운다는 것을 말이다.

"젠장할! 뭐가 이렇게 시끄러워?"

때마침 들려오는 소리에 사람들은 일제히 손을 멈췄다.

칼부림도 멎었다.

들리는 목소리가 너무도 심상치 않았기 때문이다.

분명히 낮게 울리는 중저음의 목소리인데, 그 소리는 마치 귀를 통해 듣는 것이 아니라 온몸으로 듣는 것 같았다.

끼기기기.

뒤이어 들리는 소리에 순식간에 소름이 돋았다.

사람들의 시선이 일제히 상단의 가장 후미로 향했다. 싸우던 사람도 모두 손은 멈추고 뒤만 바라보았다.

덜렁 관 하나만 실려 있어서 사람들의 시선을 끌지 못하던 수레였는데, 이 모든 소음은 그곳에서 들리고 있었다. 사람들의 눈 속에서 관 뚜껑이 열리고 있었다.

관 속에 들어 있는 것은?

시체!

그런데 시체가 움직인다고? 설마 강시라도 된단 말인가?

에이, 무슨 강시가 아직 해가 남아 있는데 나온단 말인가! 강시라면 모름지기 자시(子時)에서 축시(丑時) 사이에 움직이는 게 정상이지.

저건 사람이다.

그것도 고수!

산채의 부두목은 이래서는 안 되겠다는 생각이 들었다.

벌써 기세에서부터 저쪽으로 넘어갔다.

싸움은 기세가 반, 수가 반이다.

넘어간 기세를 다시 이쪽으로 끌고 와야 했다.

부두목은 성큼성큼 마차 쪽으로 걸어갔다. 바닥에 쓰러진 용성표국 국주는 정신도 못 차리고 있었다.

마침 손을 멈추고 있는 표사의 얼굴이 눈에 들어왔다. 아직 칼을 쥐고 있는 것을 보아하니 그냥 표사가 아니라 표두 정도 되는 놈인가 보다.

서걱!

"아아아악!"

부두목은 망설이지 않고 표두의 목을 베었고, 그의 목에서 솟구치는 피분수가 화란의 얼굴에 뿌려졌다. 졸지에 피를 뒤집어쓴 화란이 비명을 질러댔다.

이것으로 기세는 우리에게 넘어왔다. 부두목은 그렇게 생각했다.

히죽. 웃으면서 부두목은 상단 끝의 관을 바라보았다. 그러다가 부두목은 얼굴이 굳어졌다.

누가 그를 바라보며 웃고 있었다.

누구지?

아는 얼굴인 듯한데…….

시체처럼 하얀 피부에 빨간 입술, 금방이라도 목에 구멍을 낼 것 같은 긴 송곳니. 묶었던 상투는 풀어져서 산발한 머리가 마치 고슴도치의 가시처럼 사방으로 솟구치고 있었다. 저건 사람이 아니다.

그런데, 아는 얼굴이라고?

아, 생각났다.

"어라, 아수라?"

아수라. 수라방 전노군의 아들 아수라다.

가만, 아수라가 함께하는 표행이 근시일 내에 이곳을 지나서 남경으로 간다 했는데, 그럼?

부두목은 잡고 있는 계집을 내려다보았다. 그리고 손을 놓았다.

"아, 아수라가 함께하는 줄 몰랐소. 저 국주가 수라방의 깃발이나 아수라의 깃발을 걸지 않아서……."

말을 얼버무리던 부두목은 눈을 껌벅거렸다. 저 사람, 아수라가 맞는 것 같은데, 얼굴이 왜 저렇게 된 거야?

"그렇다고 사람을 다 죽여놓고 이제 와서 몰랐다고 하면 말이 되나!"

할짝.

아수라가 빨간 혀를 내밀어서 두툼한 입술을 핥는다. 마치 입술에 묻은 피를 빨면서 입맛을 다시는 것 같았다.

부두목은 이가 갈렸다.

상대는 고작해야 삼십대 한 놈이다. 이쪽은 이십여 명이고.

저놈이 자기 뒤에 있는 수라방을 믿고 허세를 부리는데……

문득 부두목은 수라방에 닥친 불행에 대한 이야기가 머리에 떠올랐다. 전노군과 후영한조가 모두 죽고 수라방은 낭왕이단의 수중에 떨어졌다든가 뭐라든가.

가만, 그럼 저놈은 끈 떨어진 연이나 마찬가지 아닌가? 혹시 그래서 사람들 눈에 띄기 싫어서 관 속에 들어가서 남경까지 가려 하는 건가?

부두목은 아수라가 철없는 놈, 불쌍한 놈, 너무 큰 충격을 당한 나머지 반쯤 미쳐 버린 놈이라는 생각이 들었다.

게다가 놈은 혼자다.

수라방의 깃발도 없고.

그럼 이들을 쳐도 수라방이 뭐라 하지는 않을 것 같다.

낭왕 이단이야 가려운 곳을 긁어줬으니 시원하다 할 것이고, 깃발도 없는데 수라방이 책임질 일도 없으리라. 이번 표행의 책임은 저 용성표국의 몫!

'그렇다면 못 칠 이유가 뭔가?

부두목은 애병인 박도를 위로 치켜들었다. 그리고 명령을 내렸다.

"저 건방진 놈을 찢어 죽여라!"

"하하하하!"

부두목의 말이 떨어지기가 무섭게 놈이 몸을 솟구쳤다. 마치 부두목의 그 말을 기다리는 중이었던 것 같았다.

부하들이 칼과 죽창, 도끼에 낫을 들고 달려든다. 그런데 그보다 먼저 놈이 부하들 사이로 뛰어들었다.

놈이 춤춘다.

신이 나서 뛰어다닌다. 너무 좋아서 어쩔 줄을 몰라 한다. 하고 싶던 일이다. 그것을 참느라 얼마나 애를 썼는지 모른다. 지금은 더 이상 참을 필요가 없다.

뭐?

이름만 있지, 내게 있는 것이 뭐냐고?

왜 이러나아. 이래 봬도 화산파의 기명제자란 말이다. 자하기를 익히고 매화사십팔수로 시작해서 소청검에 대청검법까지 익히고 하산한 사람이 나다. 거리에서 칼밥을 먹어가며 익힌 너희들과는 본질적으로 다르단 말이다!

아수라 유달은 춤을 췄다.

그동안 쌓였던 한을 모두 풀어버리기라도 하듯 검을 흔들었다.

너무 빨리 끝나도 안 된다.

그러면 시시하잖아! 지금 나는 시간도 많고 기운도 넘친다고.

아수라는 산적들의 틈을 비집고 돌아다니면서 여기에서 칼질 한 번, 저기 가서 칼 한 번 휘두르고, 또 이쪽에 솟구쳐서 한 번 찌르고 달아났다.

그렇게 하기를 일각여.

지치고 피 흘린 놈들이 바닥에 늘어졌다. 한두 놈씩 쓰러지기 시작하더니, 결국은 다 쓰러졌다. 남은 놈은 부두목 한 놈뿐이었다.

저놈, 아직까지 호기롭게 박도는 들고 있지만, 벌써 얼어 있다. 애초에 상대가 못 되는 놈들이다. 장날에 사람들 불러다 놓고 칼질 시범 보이는 시정잡배의 것을 가지고 정종 무공을 상대하겠다고?

쳇, 이런 놈들을 상대로 화산의 정종 무공을 펼치는 게 아깝다.

혀를 차며 아수라는 부두목 놈을 향해 다가갔다.

놈이 칼을 치켜들었다.

아수라는 놈의 칼을 밑에서 위로 올려쳤다. 쇳소리가 울리며 칼이 날아갔다. 날아가는 칼의 궤적은 쳐다보지도 않고 아수라는 칼을 내리그었다.

얼굴로 피가 튀었다.

피할 수도 있었지만, 굳이 그러고 싶은 마음이 없었다.

시원하다. 얼굴에 달라붙은 선지피의 끈끈한 느낌이 즐겁다.

히죽.

아수라는 하얀 이를 드러내며 웃어 보였다.

속이 시원하다.

하고 싶은 대로 했다.

못할 것이 무언가?

세상에 나를 막을 것이 누가 있다고.

어차피 그가 가장 조심하던 아버지도 죽었다.

돌아가면 낭왕 이단 그놈부터 없애 버려야겠다. 나를 무시하던 청산표국의 국주는 찢어 죽이고, 표국도 문을 닫게 해야지.

그런 생각을 하던 중 아수라의 눈에 상단의 모습이 잡혔다. 그제야 아수라는 깨달았다. 아직 그는 표행 중이었다.

아수라는 갈등에 휩싸였다.

돌아갈 것인가, 아니면 표행을 마저 끝낼 것인가?

아수라는 최대한 이성적으로 생각을 하기로 다짐했다. 그리고······.

상단은 정리되었다.

"바보 놈······."

아수라는 용성표국 국주를 바라보며 중얼거렸다.

"새꺄, 너 때문에 대법을 익히다가 튀어나왔잖아~!"

아수라의 입에서 거친 욕이 튀어 나왔지만, 용성표국 국주는 할 말이 없었다.

이게 모두 자기 실수 때문이었다. 깃발만 잘 챙겨두었으면 일어나지 않았을 일들이었다. 그것 하나 챙기지 못해서 이렇게 된 거였다. 표국 사람에서 산적들까지 모두 이십여 명이 죽거나 다쳤다.

앞으로 상단의 호송도 문제다.

아니, 사실 문제일 것은 없었다. 아수라가 함께 가는 한은 말이다.

"너, 니가 맨 앞에 서!"

아수라가 용성표국 국주를 지목했다. 그보고 기수를 하라는 말이었다. 아수라는 깃발을 든 용성표국 국주 바로 뒤로 관을 실은 수레가 따라가도록 했다.

"그리고 너, 괜히 달아날 생각 하지 말고 바로 뒤에 따라붙어."

아수라의 말에 화란은 울음을 그치고 고개를 끄덕였다. 살다 살다 이런 공포와 위기는 처음 겪어봤다.

그나마 믿을 사람은 아수라뿐이다.

모습은 귀신처럼 무섭게 생겼지만, 본심이 무서운 사람 같지는 않아 보였다.

아수라는 다시 상단을 정비하고 출발을 명령했다.

그리고 그는 언제 나왔냐는 듯 원위치, 관 속으로 들어갔다.

그제야 상단은 움직이기 시작했다.

아수라는 돌아가기 위해서는 표행을 끝내야 한다는 결론에 도달했다.

*　　　　*　　　　*

벽안의 백인은 포위하듯이 그를 중심으로 둘러앉은 사람들을 바라보며 하던 말을 계속했다.

"당시만 해도 좋았어. 한꺼번에 네 방향으로 운남을 넘어 사천으로 쳐들어오는데……."

이야기하던 그때부터 벽안의 백인을 모시던 늙은이가 추임새를 넣었다.

"네 방향이 아니라 다섯이었지요."

"아니, 아니. 사실은 넷이었어. 우리 다섯 사형제 중에서 한 녀석은 좋아서가 아니라 어쩔 수 없이 따라오고 있었으니까. 각자가 천 명씩, 합이 사천 명이 노도와 같이 밀고 올라오는데… 우리를 막을 수 있는 것은 없었지."

"없었지요. 우리의 적은 우리뿐."

"그래, 그게 문제야. 우리를 막을 수 있는 사람이 없건만, 그래서 우리는 자만했지. 우리의 적은 우리뿐이었어. 네 패로 갈라진 우리의 과도한 경쟁이 화를 불렀지."

말소리에 기운이 빠졌다. 웃고 떠들던 사람들도 하나둘씩 입을 다물었다.

"우리는 명분이 없었어. 홧김에 그냥 분탕질을 치면서 놀았을 뿐이야. 그렇게 놀다 보니까 집이 그리워진 거지. 하나둘씩 곁을 떠나는데, 떠나는 그들을 막을 길이 없었지."

이제는 추임새를 넣어주던 늙은이도 입을 다물고 있었다.

"명분이라는 것이 그렇게 중요한 거야. 인민을 해방하겠다고 하면 그에 걸맞은 행동을 해야 했어. 우리는 백성들의 공감을 얻지 못하고 반대로 공분을 샀지."

시작할 때는 기분 좋게 이야기를 시작했는데, 갈수록 맥이 빠지는 것을 어쩔 수가 없었다. 사실이 그랬으니까.

"밀고 들어왔으면 백성들을 다독이고, 잘못된 것들을 바로잡으면서 민심을 얻었어야 했는데, 우리를 막을 것이 없다는 생각에 우리 생각대로, 우리 하고 싶은 대로 하면서 놀았지."

이야기하는 벽안의 백인은 입맛이 썼다.

"시간도, 그리고 백성들의 정서도 모두 우리 편이었어. 하지만 우리는 우리를 막을 수 있는 세력이 없다는 사실에 그만 그 모든 것을 망각하고 백성들 위에 군림하려 들었지. 문제는 그것에서 시작되었어."

이야기는 이제 끝이 보였다. 이제는 벽안의 백인 말고 떠드는 사람은 아무도 없었다.

"바로 그게 문제였어. 사람들의 공분을 샀는데, 미련한 우리들은 그게 좋은 것인 줄 알았어. 왜! 무서우면 다 달아나잖아. 한마디로 쥐새끼랑 똑같았다고. 근데 그걸 몰랐던 거지. 궁지로 몰린 쥐새끼는 결국 고양이한테 달려든다는 것을 말이야. 쥐의 무서운 점이 뭔지 아나? 한 마리 한 마리는 발로 밟으면 찍! 하고 죽어버리지만, 수천 마리, 수만 마리가 떼로 달려들면 상대할 적이 없다는 거지."

벽안의 백인은 계속해서 했던 말을 반복했다.

"우리는 흩어지지 말고 하나로 뭉쳤어야 됐어. 그래서 순식간에 사천을 집어삼키고 이곳에 터를 잡았어야 했는데, 우리는 놀러 나온 불한당마냥 이곳저곳 몰려다니면서……. 그게 문제야. 한 덩어리가 되면 한꺼번에 당할 수 있다고 생각했는데, 지레 겁을 먹은 거지. 우리를 당할 사람이 누가 있다고."

지난 사 년 동안 그의 사고를 지배한 것이 그 단어였나
보다.

　"무엇보다 문제는 우리에게는 장기적인 계획이라는 것이
없었어. 운남에서 분탕질을 치면서 놀기 시작했는데, 운남에
더 이상 먹을 것이 없으니까 사천으로 놀러 왔을 뿐이었던 거
지. 누구 하나 머리를 쓰면서 우리에게 장기적인 전망을 내놓
고, 그에 따른 계획을 세우고, 계획에 따라 우리를 지도할 사
람이 없었던 거야. 그러면서 놀기만 하고……. 노느라 우리는
지쳤는데, 지치다 보니까 우리 곁에는 아무도 없던 거지. 사
람들은 모두 등을 돌렸고, 동료들은 죽거나 떠나가고……. 우
리의 적을 우리가 직접 만든 거지. 명분, 민심, 그리고 장기적
전망. 그래서 자멸!"

　한동안 그 자리는 침묵이 지배했다. 어느 누구도 숨소리 하
나 내지 않고 조용히 자리를 지키고 앉아 있었다.

　"아직 늦지 않았습니다, 장군. 교주께서도 처음에는 이렇
게 시작하셨습니다."

　늙은이가 벽안의 백인을 위로했다.

　늙은이의 말에 벽안의 백인은 피식 헛웃음을 흘렸다.

　"아니, 늦었어. 늦은 것은 사실이야. 이제는 사천 사람들은
우리를 보면 치를 떨고, 달아날 힘이 있으면 호미를 들고 달
려들 거야. 어차피 죽을 목숨이라는 것을 알거든."

　늙은이가 힘을 냈다.

"말로 잘 설득할 수 없다면, 전처럼 힘으로 눌러 놓으면 될 것입니다."

벽안의 백인은 고개를 저었다.

"아니, 설득을 하려면 우선 우리 말을 들어야 하는데, 처음 부터 우리 말을 안 들을 거야. 우리가 아무리 아니라고 해도 다들 그렇게 생각할 거야."

누군가 입을 열었다.

"장군, 그럼 왜 우리를 찾으셨습니까?"

"복수다!"

벽안의 백인은 주먹을 불끈 쥐며 하나밖에 안 남은 눈을 부라렸다.

"형제의 복수, 동료의 복수, 부하들의 복수다. 다시 한 번 우리의 이름을 들으면 치가 떨리도록 만들겠어."

벽안의 백인은 그를 에워싼 동료들을 둘러보았다.

"그러면 일이 끝난 후, 나는 너희들을 집으로 돌려보내겠 다. 돌아가면 다른 사람이 너희들을 기다리고 있을 것이다. 그를 도와 시작하라. 처음부터 다시. 그것이 수십 년이 걸릴 지, 아니면 수백 년이 걸릴지 그것은 아무도 모르는 일이다. 하지만 다시 시작이다. 그래서 미륵의 재림을 준비하는 거 다."

벽안의 백인은 동료들과 하나씩 눈을 마주쳤다.

"그러기 위해 내게 힘을 다오. 끝을 내기 전, 우리의 힘이 얼마나 강한지를 놈들에게 확실히 각인시켜야 하니까!"

어느새 벽안의 백인의 시선은 동파에게 이르렀다.

벽안의 백인은 빙그레 웃어 보였다.

얼결에 동파는 백안의 백인의 미소가 무슨 뜻인지도 모르고 그냥 따라 웃고 있었다.

第六十八章

고마워, 설아

사건 발생 후,
이십육 일.

　무후사에서 모인 거지들에게 타령을 가르친 장판지는 그
날 밤을 달려 다시 완화계(浣花溪) 강변에 모습을 드러냈다.
미리 여일위의 지시를 받고 기다리고 있던 무사들이 그를 맞
았다.

　지금도 거지들은 무후사 주위를 돌면서 타령을 부르고 있
을 것이다. 보령현의 지구당 당주인 노도개 장판지의 힘으로
성도의 거지들을 불러 모아서 타령을 부르라 시키는 것은 일
도 아니었다.

　이제 그쪽은 그쪽 나름대로 돌아갈 것이니, 이제는 여기에
서 일을 할 차례다. 이건 반드시 자신이 해야 할 일이다.

퍼어어엉!

장판지의 지시에 정무련에서 나온 무사가 하늘로 폭죽을 쏘아 올렸다. 화살에 실려서 하늘 높이 날아오른 폭죽은 커다란 불꽃을 터뜨리며 하늘에 불똥의 수를 놓았다.

불꽃이 사라졌다.

"다시~!"

장판지의 지시에 무사는 아무것도 모른 채 또 하나의 불화살을 날렸다. 다시 하늘에서 불꽃이 터졌다.

"다시~!"

이유 한마디 설명없이 장판지는 또 하나의 폭죽을 올렸다.

"자동으로!"

무사는 입이 한 자나 튀어나왔지만, 아무 소리 못하고 활에 또 하나의 화살을 걸었다. 옆에 있던 무사가 화살에 달려 있는 폭죽 통에 불꽃을 당기고, 다시 화살은 하늘로 날아올랐다.

그렇게 하나의 불꽃이 사라질 때마다 또 하나의 불꽃이 그 자리를 채웠고, 쉴 새 없이 하늘에는 불꽃이 새겨졌다가 사라졌다.

그러기를 거의 한 시진 이상.

활을 쏘던 무사는 다른 사람으로 교대되었고, 두 번째 무사가 쉬지 않고 화살을 날렸다.

다시 한 시진 가까이 되었을 때, 이제는 어느 덧 시간이 축시(丑時)를 뒤로하고 인시(寅時)가 되어가고 있는데……

"그만!"

갑자기 장판지가 손을 들어 활에 화살을 메기던 무사를 제지했다.

날아가던 폭죽이 멈추니까 세상천지가 조용했다.

그런데 조용하기만 한 것이 아니었다.

어스름한 새벽 조명 아래, 누가 있었다.

그것도 적지 않은 수였다. 여기저기 뭔가 꿈틀거리는 것이 보였다.

장판지는 낮은 목소리에 내공을 실었다.

"봉화대에 불길이다."

한쪽에서 그의 노래를 받았다.

"연기가 올랐구나!"

장판지의 얼굴이 밝아졌다.

"내 칼은 어디 있나?"

사람들이 움직인다.

"곳간에 숨겨놓았지!"

대구를 외치는 장판지의 눈에서 눈물이 흐르기 시작했다.

"창과 방패를 꺼내 들라!"

"깃발 아래 모이는구나!"

병가보 전 보주의 명을 받고 십수 년을 기다려 온 충신들이 이곳으로 모여들고 있었다.

"이 늙은이, 전 보주와의 약속을 지켰구먼. 이제 할 일은
다한 셈이니……."

장판지의 입에서 긴 한숨이 흘러나왔다. 그 역시 십수 년을
짊어지고 있던 짐을 내려놓아서 그런지 몸과 마음이 홀가분
했다.

*　　　*　　　*

아수라는 밤을 새워가며 마차를 몰았다.

나갔던 부두목 패거리가 들도 보도 못한 표국에게 몰살을
당했다는 소리에 잠운산 산채는 전력을 다해서 상단의 뒤를
쫓았다.

길을 갈수록 산세는 깊어지고, 시간이 흐를수록 길이 어두
운 상단에게 전세는 불리해져만 갔다.

그 속에서 신이 난 사람은 아수라 한 사람뿐이었다.

그는 정말 신이 났다.

마치 사람을 죽이지 못해 환장한 귀신이라도 붙은 모양으
로 아수라는 몰려드는 산적들을 도륙하며 말을 몰았다.

용성표국의 표사들은 언제 어디에서 어떻게 달아났는지도
모른다.

표사가 없으니 상단도 쪼개졌고, 이제 남은 것은 아수라가
몰고 있는 화란이 탄 마차와 그 뒤를 따르는 짐수레 두어 개

뿐이었다. 그것도 용성표국의 국주가 붙어 있으니 쫓아오고 있었지, 그마저 없었더라면 수레를 몰던 행자수들은 예전에 수레를 내팽개쳐 두고 달아났을 것이다.

상단이 이 지경이 되었는데, 아수라는 신이 났다.

그의 눈에는 상단이나 일행 따위는 눈에 들어오지도 않는 것 같았다.

그저 달려드는 놈들은 죽였고, 말들은 달리게 했다.

그러게 신이 나서 검을 휘두르며 마차를 몰았다.

그 뒤로 짐수레를 모는 용성표국의 국주는 자신이 무엇을 하고 있는지도 모른 채 그저 본능에 따라 앞에 가고 있는 마차 뒤만 쫓았다.

어느새 날이 밝고 있었다.

*   *   *

이단은 밤새도록 청문궁 장각의 집무실, 장각의 의자에 앉아 있었다.

딱히 찾는 것이 있어서가 아니었다.

단지 무언가 석연치 않았기 때문이다.

범인은 그가 확실하다.

적어도 수십 차례 전장에서 검을 휘두르며 무공을 단련한 능검후 호란을 채정할 수 있는 사람은 역시 그밖에 없다.

그것은 아수라도 안 되고, 귀등패 나교 역시 불가능한 일이다. 정무련 안에서 가능한 사람은 완당군, 전노군, 그리고 신농계의 계주 열혈군 명자방이 전부라고 하겠지만, 전노군은 죽었으니 용의선상에서 제외될 수밖에 없다. 신농계의 열혈군 명자방은 그럴 만한 배짱이 없다. 신농계의 실질적인 주인은 열혈군이 아니라 그의 아내인 중경여와 두리니까.

결국 완당군밖에 안 남는다.

그리고 완당군이라면 능히 가능하다.

그의 성품이 그것을 말해준다.

욕심 많고 탐욕스러우며 명예욕마저 강한 사람. 아흔아홉 개를 가지고도 백 개를 채울 욕심으로 하나 가진 사람에게서 그 하나를 빼앗을 사람이 바로 완당군이다.

오죽했으면 등패군 사후에 사패 정무련의 완성을 위해 전노군으로부터 련주 자리를 양보받았을까! 그런 사람이 바로 완당군이다.

범인이 완당군이라고? 그럼 완당군이 채정대법을 익혔다는 소리다.

전노군은 낭왕 이단으로 하여금 현일육방도의 무공을 익히도록 했다. 그래서 오늘의 이단이 있을 수 있도록 했다.

전노군은 현일육방도가 있었다. 바로 오마의 술법이다.

하지만 전노군은 현일육방도는 있었지만, 율갑혼정기는 없었다. 그리고 이단이 보기에 현일육방도는 오로지 전노군만 갖고 있었던 것이 틀림없다. 강호에서 유령환보와 투형색 원시를 펼칠 수 있는 사람은 낭왕과 아수라 두 사람이 전부니까.

완당군이 그것을 안다면, 이단이 몰랐을 리가 없다.

그러므로 완당군은 현일육방도상의 술법은 몰랐다는 이야기이고…….

이상을 조합해 보면 전노군은 현일육방도를 갖고 있고, 완당군은 율갑혼정기를 갖고 있었다는 이야기가 되는데…….

그럼 다른 두 사람, 또는 두 문파는 안 갖고 있을까?

이야기가 정리된다.

전노군은 술법, 완당군은 내공을 가졌다. 마찬가지로 등패군도 백련교의 무엇을, 열혈군도 또 무엇을 가져갔을 것이다.

등패군이 가져간 것이 무엇일까?

"자오신서!"

질문에 대한 대답이 등 뒤에서 들려왔지만, 이단은 돌아보지 않았다.

대신에 그녀가 이단의 어깨 위에 손을 얹었다.

"등패군은 자오신서, 완당군은 취장휘서를, 그리고 전노군은 현일육방도를 가져갔어요."

굳이 돌아보지 않아도 알 수 있다.

설아다!

지금도 이곳 청문궁은 취문의 무사들이 경호하고 있겠지만, 유령환보를 이 세상 누구보다 완벽하게 펼치는 설아를 막을 수 있는 사람은 세상천지에 아무도 없으리라.

이단의 목을 쓰다듬는 그녀의 손길이 얼음처럼 차갑게 느껴졌다.

이단은 고개를 끄덕였다.

이해가 간다. 어떻게 나눠 가졌는지 과정이 이해가 가는 것이 아니라, 왜 그런 선택을 했는지가 이해가 간다는 뜻이다.

전노군은 술법을 원했다. 익히기만 하면 바로 효과를 볼 수 있는 유령환보를 말이다. 독행표를 나갈 때, 무엇보다 유용한 것이 바로 유령환보일 것이다. 굳이 유령환보가 아니더라도 술법은 그것을 아는 사람이 적은 만큼 화력이 뛰어나지는 않아도 유용한 방법이다. 전노군에게 가장 큰 도움이 될 것이 술법이었을 테니 탁월한 선택이 아닐 수 없다.

완당군은 취장휘서를 챙겼다.

실전 무술과 전투에 익숙한 병가보이기에 내공 심법이 취약하다. 병가보의 무술이 상급 무공으로 발전하기 위해서는 상승 내공이 필수다. 그런 만큼 율갑혼정기 같은 내공 심법이 탐나지 않을 수가 없었으리라.

오랜 역사를 자랑하는 검각에서는 자파의 무공과 내공 심법 등이 완성되어 있는 만큼 타 문파의 무공이나 내공보다는 심법에 관심이 많았을 것이다. 역사가 깊은 만큼 무작정 남의 것을 흡수하기보다는 자신에게 적당한 것만을 취사선택하기를 바랄 것이고, 그런 점에서 무공 자체보다 그 무공의 기초가 되는 심법이 더 탐이 났을 것이다.

"무.술.심.신! 무학의 네 요소 중에서 세 개가 결정되었으니, 그럼 신농계가 가져간 것은 무공서로군."

"맞아요. 규화삼재는 바로 무공서지요. 그 안에는 첨밀밀이 기록되어 있구요."

이단은 묵묵히 고개를 끄덕였다.

무가라기보다는 의술로 유명한 신농계는 무공서인 규화삼재를 택했다. 이 또한 선택이 아니라 필수라고 보였다.

"장각은 자오신서를 가져갔다! 그럼 자오신서는 여기 어디에 있다는 말이로군. 그랬어. 검후는 자오신서를 찾고 있었어."

이단은 주위를 둘러보았다.

"바늘은 솔잎 속에, 계집은 비구니 사이에 숨기라더니, 책은 책들 사이에 숨겼다? 역시 등패군다운 발상이야!"

이단은 감탄 어린 목소리로 답했다.

"자오신서……. 검후는 완당군이 율갑혼정기를 익히고 있다는 것도 알고 있었어. 그래서 그것을 막을 방법으로 자오신서를 찾고 있었을 거야."

순간 이단은 이상한 것을 느꼈다.

"하지만 설아, 그 모든 것을 어떻게 알았어?"

"그가 가르쳐 주었어요."

"그가? 누구?"

"장각!"

이단은 고개를 끄덕였다.

다른 사람이 그렇게 말했다면 아예 믿지를 않았겠지만, 설아가 한 말이니 의심할 이유가 없다.

"역시……. 그럼 설아는 자오신서가 어디 있는지 알겠군?"

"응!"

"여기 있어?"

"그건……."

이단은 천천히 눈을 떴다. 손을 들어 눈을 가렸다. 그래도 눈이 부셨다.

동쪽으로 열려 있는 창으로 들어온 태양은 이단의 얼굴에 직사광선을 쏘고 있었다.

이제 아침이다.

이단은 천천히 자리에서 일어났다.

실내를 둘러보았다.

밤사이 변한 것은 아무것도 없었다.

정말 설아가 왔다 간 것일까? 혹시 꿈은 아닐까?

지금으로선 알 수 없다.

이단이 아니라도 그건 아무도 모른다. 당사자인 설아 외에는.

마지막 질문에 대한 대답은 듣지 못했지만, 그것으로 충분했다. 최소한 그것이 여기 어딘가에 있다는 것은 알았으니까 말이다.

설아가 듣기를 바라면서 이단은 말했다.

"고마워, 설아."

정무련 밖, 어느 정자나무 밑에서 그림자 속에 모습을 감추고 있던 설아는 마치 눈이 부신 것처럼 손을 들어서 해를 가렸다. 그녀의 어디에도 태양광은 비추고 있지 않았지만.

"고맙긴요, 뭘."

설아는 오랜만에 미소를 지을 수 있었다. 봄기운에 얼음이 녹아내리는 그런 따듯한 미소였다.

*   *   *

정무전의 여일위는 용비교 시보로부터 뜻밖의 손님을 소개받고는 뛰다시피 자리를 박차고 일어났다.

"아미타불."

여일위를 소개받은 늙은 비구니는 합장을 하며 불호를 외웠다.

"최근에 안 좋은 일이 연이어 일어났다고 들었습니다."

너무 경황이 없는 나머지 여일위는 인사를 하는 둥 마는 둥
했다.

지금까지 수라방의 표행에서 만나는 경우 외에는 정무련
과는 관련이 없던 아미파가 정무련까지 방문을 한 것이다.

"이 늙은 사미니가 후영조와 작은 인연이 있었지요."

복호사의 장문 사태인 일절 사태가 후영한조와의 인연을
강조한다. 정무련과 완전 남이 아니라는 소리다.

그리고 후영조라는 별호, 정운은 이제는 후영조라는 별호
를 안 쓴다. 지금은 후영한조다. 아직도 후영조라고 그를 부
를 사람은 오래전부터 그를 알고 지낸 사람들뿐이다. 일절 사
태와 정운의 친분은 꽤나 깊다는 소리다.

"어, 어서 오십시오."

처음에는 잠시 어리둥절해하던 여일위였지만 재빨리 머리
를 굴렸고, 아미파가 정무련을 방문한 것의 득실을 따졌다.
완당군 여상추가 자리를 하고 있었다면 군이 주판을 튕길 이
유가 없겠지만, 지금은 확실히 실은 적고 득이 많았다.

일절의 뒤로 몇 사람이 더 있었다.

잠깐 일절 뒤의 벽안의 금발 사미니에게 시선이 멎었던 여
일위는 곧 차가람을 발견했다. 낯선 이들 사이에서 낯익은 사
람을 발견하면 그렇게 반가울 수가 없는 법이다.

"잘 돌아왔어요, 주왕!"

여일위는 최대한 부드럽게 고개를 끄덕였다.

그녀가 어떻게 이들과 동행을 하게 되었는지는 아직 몰라도 그건 상관없다. 그건 중요한 게 아니니까. 여일위는 동료의 동료는 내 동료이기도 하다는 식으로, 차가람과 구면이라는 것을 강조함으로써 아미파와 완전 남이 아니라고 이야기를 하는 셈이었다.

뭔지 모르지만 좋은 일이 있을 것 같다.

"후영조가 성불했다는 이야기를 듣고 오지 않을 수가 없었습니다. 그것이 우발적인 사고가 아닐 듯하여……."

여일위는 그들이 이곳을 찾아온 목적을 알아차렸다.

"우선 이쪽으로 앉으시지요. 먼저 차를 준비하겠습니다."

여일위는 이단에게 소식을 넣어야겠다고 생각했다. 이 자리에 정운의 후계자이자, 수라방의 가장 유력한 차기 방장 후보이며, 차가람의 내연남인 이단이 있으면 이야기가 훨씬 수월할 것이다.

잘하면 생각 밖으로 힘 하나를 얻을 것 같았다. 아미파라는 우군 말이다.

아침부터 장흥학은 이단을 쫓아다니느라 바빴다.

"그러니까아, 힘이 들고 피곤하면 좀 쉬어야 할 것 아니우. 일도 좋고 성공도 좋지만, 좀 쉬어가며 하자구효오. 아, 할 이야기가 있다니까!"

이단은 지금 청문궁 꼭대기 층의 삼면을 둘러싼 책들을 뒤

지고 있었다. 장홍학이 계속 매달리는데도 전혀 쉴 것 같지
않았다.

"아참, 알았어요, 알았어. 찾는 게 뭔데? 내가 같이 찾아줄
테니까."

이단은 그제야 손을 멈췄다.

"자오신서."

"자오신서? 그게 뭔데?"

이단은 다시 책들을 뒤지기 시작했다.

"알았다니까. 그래, 같이 찾아봅시다. 두께나 크기가 얼마
나 되는데효?"

"나도 몰라."

"모르면서 어떻게 찾아?"

"몰라. 하지만 여기 있을 거야. 그러니까 일일이 뒤져 보는
수밖에."

"그러니까, 책 표지에 자오신서라고 쓰인 책이면 되는 거
지?"

장홍학도 옆에서 이단을 거들면서 책들을 뽑았다가 꽂기
를 반복했다.

그러면서 장홍학이 넌지시 이단에게 물었다.

"저어, 낭왕. 낭왕은 우리 누이를 어떻게 생각해?"

잠깐이지만 이단의 행동이 멈췄다. 하지만 잠깐만이다. 어
느새 이단은 다시 책들을 뒤지고 있었다.

―맛있는 떡으로 보이지!

"동료!"

―거짓말!

"도, 동료? 그 외에는 다른 생각 안 들어효?"

―말 잘하라고! 말 한마디에 천 냥 빚도 갚는다는데…….

"통솔력도 있고, 결단력도 있고… 취왕은 정말 훌륭한 여걸이지. 하지만 그뿐이야. 나는 오 년 전부터 주왕을 좋아했고, 여전히 주왕을 좋아하니까."

―멍청한 놈. 영웅호색이라는 말도 모르나?

"아아, 그렇… 쿤."

장홍학의 목소리가 맥이 없어졌다.

아침에 뛰어올 때까지만 해도 기운이 펄펄 넘쳤는데, 갑자기 힘이 다한 것 같았다.

"하지만 낭왕. 낭왕이랑 주왕이랑은 깨진 거 아니었어?"

이단이 언성을 높였다.

"안 깨졌어!"

"아아, 그렇구나. 그래도 낭왕, 한 번쯤은 진지하게 생각해 볼 수 있는 일 아니우? 낭왕 정도 되는 사람이라면… 뭐, 옛말에도 있지 않우! 영웅호색이라고."

'이 사람아, 지금 동생이라는 사람이 자기 누나를 첩으로 삼아달라고 사정하는 중인가?'

이단은 행동을 멈추고 장홍학을 위아래로 훑었다.

─왜? 주겠다는 걸 왜 뿌리쳐?

때마침 전령이 왔다.

이른 아침부터 정무련으로 손님이 왔는데, 그래서 정무전에서 여일위와 용비교 시보가 이단을 찾는단다.

그제야 이단은 행동을 멈췄다.

"나도 같이 가도 되지?"

장홍학은 마치 이단이 가는 곳이면 어디든 쫓아다닐 사람처럼 이단의 뒤를 쫓았다.

정무전의 여일위 집무실로 들어서던 이단은 걸음을 멈췄다.

"가… 람?"

차가람의 커다란 눈이 흔들렸다.

"이단……!"

이단이 미소를 지었다. 부드러운 훈풍이 부는 듯한 미소다.

"어, 오우~!"

이단을 쫓아온 장홍학이 신음 소리를 흘렸다. 처음 보는 이단의 미소다. 항상 냉기만 풀풀 풍기던 이단에게 저런 모습이 있는 줄은 전혀 생각해 보지 못했다.

이단이 손을 내밀었다. 차가람이 그의 손을 잡았다.

"조금 살이 빠졌네. 오느라 피곤했나 봐."

"당신도. 많이 바빴나 봐. 힘들지?"

"어허험, 커허음, 캑캑캑캑……."

짐짓 묵직한 기침 소리로 주위에 다른 사람이 있다고 알려주려던 장홍학은 목에 사레가 걸렸는지, 결국은 승냥이처럼 캑캑거렸다.

그제야 이단은 다른 사람들에게 눈길을 돌렸다. 하지만 여전히 차가람의 손을 잡은 채였다.

이단을 맞아서 여일위도 자리에서 일어났다. 그리고 다른 사람들을 소개하려 했다. 그런데…….

"오랜만이십니다, 사태. 여전히 정정하신 모습을 뵈니 반갑습니다. 좀 더 일찍 오셨더라면 정운 사부께서 좋아하셨을 텐데……."

"아미타불……."

"지이 사니."

"나무관세음보살……."

이단은 이미 이 사람들을 알고 있었다.

이단의 눈길이 다시 매련 사미니에게 이어졌다.

매련의 눈빛이 흔들렸다.

잠깐이지만 이단 역시 당황했다. 하지만 이내 이단은 침착한 어조로 인사를 했다.

"부인, 이제는 불가에 귀의하셨군요. 득도하시기 바랍니다."

매련도 합장으로 답례했다.

"아미타불……."

이단의 눈길이 마지막 사미니에게 향했다.

"살아 계실 줄 알았습니다."

"아미타불. 이생에 업이 너무도 많은가 봅니다."

파사 사미니를 따라 이단도 같이 합장했다. 고개를 드는 이단의 눈 속에는 감탄의 빛이 담겼다. 그리고 그것은 파사 역시 마찬가지였다.

"시주께서는 소사미니도 이루지 못한 것을 대성하셨군요."

"아직 끝을 보지는 못했으니 대성의 경지는 멀고도 먼 듯합니다. 그저 이것이 제게 주어진 길이라 갈 뿐입니다."

"아미타불, 아미타불… 이 모든 것이 다 석가모니불의 뜻입니다."

"자자아, 인사가 끝났으면 모두 자리에 앉으십시다. 앉아서 이야기를 하자구요. 아, 저쪽은 검각 등패군 장각 공의 자되는 사람으로, 삼치검이라는 별호를 쓰고 있는 장홍학 공자입니다. 지금 검각에서 취문을 맡고 계시지요."

여일위는 사람들을 진정시키며 장홍학을 아미파 사람들에게 소개했다.

"삼치검은 주왕을 봤던가? 처음인가?"

이야기를 하면서 어느새 여일위는 평소의 제 모습으로 돌아가고 있었다.

* * *

민산 구채구로 향하던 사천당가의 강호 유람단은 뜻밖의
손님을 맞았다.

"저어, 이거 배첩을⋯⋯."

배첩을 들고 온 사람이 동파다.

당장에 당방혼이 수중의 담화린을 뿌릴 태세였지만, 배첩
을 들고 온 이상 함부로 나설 수는 없는 일이고⋯⋯.

동파는 서둘러 배첩을 당초석에게 내밀었다. 들어올 때부
터 안절부절못하는 것이, 행여 당파추에게 빼앗길까 걱정하
는 티가 역력했다.

다행히도 다른 사람이 아니라 당초석이 배첩을 받았다.

"나, 나는 직접 전해드렸고, 직접 받으신 것이 맞습니다! 확
인했지요오!"

소리치며 동파는 객잔을 빠져나갔다.

동파가 나가기가 무섭게 당방혼은 그를 쫓으려 했다. 그런
그를 당초석이 말렸다.

"너는 여기 남아 있어라. 장로를 도와 가족을 모두 안전하
게 민산까지 안내해야 한다."

배첩이 누구로부터 왔는지를 확인한 당초석은 다른 사람

들을 그곳에 두고 서둘러 객잔을 나갔다.

"여어, 사실 이렇게 빨리 찾아오실 줄은 미처 몰랐는
데……."

커다란 바위를 의자 삼아 앉아 있던 벽안의 백인이 자리에
서 일어나며 말했다.

당초석을 불러낸 사람, 배첩의 주인이 바로 이 백발을 휘날
리는 벽안의 백인이었다.

*　　　*　　　*

병가보의 여상추에게 급박한 보고가 올라갔다.

"도합 천여 명의 인원, 복색은 달라도 행동양식이 같은 것
이, 모두 한곳에서 나온 것이 분명합니다."

"행동이 통일되어 있는 것으로 보아, 그들은 하나의 지휘
체계를 가진 것이 확실합니다."

"천 명입니다. 미리 대비를 하지 않으면 피해가 클 것입니
다."

보고는 계속되었고…….

"백제성을 통과한 그들은 계속해서 성도로 향하고 있습니
다."

드디어 기다리던 보고가 올라왔다. 성도행이다!

여상추는 자리를 박차고 일어났다.

"내가 성도로 가겠다. 앞으로 보고는 멈추지 말고 정무련으로 올려라."

이제 돌아갈 때다.

끝을 맺을 차례다.

이쪽으로 끝이 나든 저쪽으로 끝이 나든 상관없다. 어차피 결과는 자신의 사천이 되는 셈이니까.

第六十九章

이제 달아날 셈인가?

당초석은 벽안의 백인의 뒤에 멀찌감치 서 있는 사람들을
눈짓으로 가리켰다.

"아, 저 사람들은 걱정하지 않으셔도 됩니다. 당가주와 제
비무를 방해하지는 않을 테니까요."

당초석이 묻고자 하는 것은 그게 전부가 아니였다.

그보다 두 사람의 비무가 저들에게 해가 되지나 않을까 걱
정해서였다.

당초석의 무공은 용독과 암기. 당연히 바람을 타고 저들에
게까지 피해를 줄 수 있다. 그리고 그 바람은 벽안의 백인이
만들 것이고.

"아아, 그 걱정도 말게. 세상 바뀐 줄도 모르고 사 년 전의 영화를 다시 이루겠다고 기어나온 지렁이 같은 자들이니까."

벽안의 백인은 등 뒤의 그들을 힐끔거렸다.

"뭐, 그렇게 꿈을 안은 채로 죽는 것도 나쁘지 않을 것 같지 않나? 그 꿈이 헛된 신기루였다는 것을 모른 채로 말이야."

당초석은 한숨이 나왔다.

"그것이 헛된 신기루라는 것을 알면서 왜 나오셨소?"

"아는가? 사람에게는 타고난 운명이라는 것이 있어. 당신에게는 당신의 운명, 나에게는 내 운명. 나는 사 년 전에 그때 죽어야 했어. 그런데 죽지 않았지. 왜일까?"

당초석은 답을 못했다. 아마 세상 누구도 답을 못하리라.

"그때 죽지 않았다면, 못 끝낸 무언가가 있었을 거야. 그래서 나는 그때 멈췄던 상황으로 다시 돌아가자는 거지."

벽안의 백인은 천천히 걸음을 옮겼다. 바람의 위쪽으로 이동해서는 자리를 잡았다.

이야기를 하는 사이, 비무는 벌써 시작되었다.

상대는 좋은 자리를 선점하려 했고, 당초석은 그 자리를 빼앗기지 않기 위해 계속 자리를 옮겨야 했다. 한동안 쉽사리 바람의 방향은 바뀌지 않았다.

당초석은 긴장하지 않고 끝까지 침착함을 유지했다. 바람의 방향은 언젠가는 바뀔 것이고, 그때가 되면 그가 있는 위치가 좋은 자리가 될 것이다. 그때까지 참아야 했다.

상대가 다시 움직였다. 바람의 흐름이 바뀌기 시작한 것이다.

"내 시간은 사 년 전의 그때 멈춰 버렸던 거지. 이제 다시 돌기 시작한 거야. 나는 계속할 것이고, 이제 당신들이 나를 막을 차례지."

당초석도 그를 따라 돌았다.

두 사람은 자리를 바꿨다. 손과 초식을 교환하면서 자리를 바꾼 것이 아니라, 단지 상대를 견제하다가 어느새 자리가 바뀐 것이다.

"말해보게. 광마랑 겨룰 때 어땠나? 나는 사저가 패했다는 것이 믿어지지가 않아. 우리 중에서 최고의 내공은 나지만, 최고의 무공은 사저였거든. 나와는 깨달음 자체가 다른 사람이었지. 그런데 자네가 이겼다고?"

당초석은 자신이 열세라는 것을 깨달았다.

상대는 꾸준히 떠들면서 여유를 갖고 있지만, 자신은 쉴없이 긴장한 채로 상대의 도발에 반응하고 대응하느라 정신이 없으니까 말이다. 쉽지 않을 것 같았다.

"아아, 당신도 알 거라 생각이 되는데, 강호의 소문이라는 것이 믿을 것은 못 되거든. 난 그래서 당신에게 직접 듣고 싶네."

벽안의 백인은 쉬지 않고 떠들고 있었고, 끊임없이 움직이고 있었다. 어느새 두 사람은 처음의 그 자리로 돌아왔다.

순간 벽안의 백인은 인상을 찡그렸다.

"여우같은 놈, 사저에게도 이렇게 함정을 파고 이겼나?"

그제야 당초석은 미소를 지을 수 있었다.

완전하게 한 바퀴를 도는 순간, 당초석의 하독은 끝이 났다. 바람의 상층에 놈이 있는 이상, 한곳에서 놈에게 용독을 하기는 쉽지 않다. 대신에 전장 전체를 독으로 감싸고 있으면 된다. 당초석은 놈에게 바람을 빼앗긴 대신 대지를 접수했다. 원을 그리면서 전장 전체에 하독을 끝낸 것이다.

당초석은 가슴을 폈다.

승부는 이제부터다.

상대가 당초석을 향해 몸을 날렸다.

당초석은 철판교처럼 몸을 뒤집으면서 손을 뿌렸다.

당초석의 하독에 당황한 그가 먼저 움직인 것이다. 놈이 당황했다는 뜻이다.

'이겼다!'

당황하면 지는 거다.

당초석은 그렇게 생각했다. 놈과 손을 부딪치기만 해도 이길 수 있다. 접촉만으로도 당초석은 하독을 할 수 있고, 절독으로 중독시킬 수 있다. 놈은 날아왔고, 당초석은 놈을 낚아챘다.

순간 당초석은 당황했다.

그의 수중에 걸리는 것이 아무것도 없었기 때문이다. 만지기라도 해야 독을 풀지! 이것은 허초다. 그렇다면? 당초석은 황급히 몸을 뒤집으며 자리를 벗어났다.

"하하하하!"

상대의 통쾌한 웃음소리가 당초석의 등골을 따라 소름이 돋게 만들었다.

상대는 여전히 그 자리에 있었다. 그에 반하여 당초석은 뒤로 크게 한 발자국 물러난 꼴이다.

"지난 사 년간, 나는 새로운 것을 깨달았지. 무공은 광마, 내공은 요마! 모두가 아는 이야기 아닌가? 하지만 사 년 전에 가주께서는 진압하셨더군! 그래서 나는 생각했지. 무공만으로는 안 된다. 나만의 무엇을 가져야 한다. 내 장점은 무엇인가. 그래서 나는 내 내공 자체를 무기로 쓰는 법을 개발해 냈다."

당초석은 상대가 자신보다 한 수 위라는 것을 깨달았다.

잡으면 이길 수 있다. 하지만 닿지 않으면?

그러면 방법이 없는 거다. 독은 접촉을 해야 중독시킬 수 있고, 암기는 막히면 효력을 볼 수 없다.

어려울 것 같다.

하지만 포기해서는 안 된다. 당초석은 기운을 끌어올렸다.

광마에게 패하고, 더 이상의 고수는 없다는 생각에 수련을 게을리한 것이 실수였다.

하늘은 끝이 없고, 세상은 넓기만 하다.

"어떤가? 내가 나은가, 사저가 나은가?"

상대가 묻는다.

분명히 오마 중에서 가장 고수는 광마라고 했는데…….

'그래, 그건 사오 년 전 이야기지.'

광마가 변한 것처럼 이자도 변했다.

사 년 전, 그에게 패했던 광마가 그를 초월했던 것처럼, 이자는 광마마저도 초월하고 나타났다. 무슨 일을 겪었을까?

"이것 한 가지는 확실하구려. 전에는 몰라도, 이제는 요마 당신이 광마보다 낫다는 것."

벽안의 백인은 손으로 얼굴을 가리고 있던 백발을 쓸어 넘겼다. 그런데 애꾸다.

당초석은 어쩌면 이길지도 모른다는 희망을 가졌다.

굳이 요마가 그것을 감추려 했던 것은 아니었다. 당초석이 너무 긴장한 나머지 그것을 깨닫지 못했던 것 같다.

당황하면 지는 거다. 긴장해도 지는 거고.

당초석은 심호흡을 했다. 당황해서도 안 되고, 긴장해서도 안 된다. 당초석은 투기를 끌어올렸다.

때마침 좋은 바람이 불어왔다. 시원하다. 살랑살랑 미풍이다. 너무 세지도 않고, 슬쩍 간질이는 느낌이다. 이런 바람을 타고 움직일 것이라고는 아무도 생각지 못할 것이다.

하지만 당초석의 별호는 산수무흔. 손을 써도 흔적이 남지 않는다.

당초석은 손을 썼고.

"좋은 수!"

요마는 당초석에게 공격의 기회를 빼앗기지 않으려고 후발선제의 역습을 가했다.

콰아아하!

요마가 펼친 강기의 소용돌이가 당초석의 하독을 감싸 쥐고 오히려 당초석을 덮쳤다.

어느새 태양은 중천을 지나 그림자를 늘이고 있었다.

아침부터 시작한 두 사람의 격돌은 오시(午時)를 지나 미시를 향하고 있었다.

당초석은 독과 암기를 뿌렸고, 요마는 강기를 휘둘렀다.

두 고수의 주위는 완전 초토화되어 있었고, 한 장 떨어져서 모여 있던 요마의 병사들은 몇 명의 시체를 남겨두고 저만치 멀어져 있었다.

두 사람의 전장으로 다가서는 사람은 아무도 없었다.

한 명은 독을 뿌렸고, 한 사람은 바람을 날렸다.

바람결에 날아오는 독기를 한 줌이라도 흡입하면 가는 거다. 죽지 않기 위해서는 멀찌감치 떨어져서 구경하는 수밖에 없다.

다시 한 번 손속을 나눈 두 사람이 다시 떨어졌다.

당초석은 숨을 몰아쉬었다.

이제 그의 넓은 소매는 텅 비어 있었다.

무려 세 시진에 걸친 격전이 독과 암기를 동이 나게 만들었다. 이제는 기로 싸워야 한다. 반면 요마의 강기는 마치 마르지 않는 샘처럼 쏟아내고 또 쏟아냈다. 샘도 처음이 지나면 퍼내는 바가지가 반만 차기 마련이건만, 요마의 강기는 처음이나 지금이나 매한가지였다.

다시 한 번 요마의 강기가 날아왔다.

당초석은 소매를 보자기처럼 펼치며 그의 강기를 받았다. 받는 것만으로는 모자라다. 그 힘에 실려서 뒤로 날아갔다. 힘을 거스르지 않고, 그대로 타고 난 것이다.

그렇게 요마의 사정권 밖으로 벗어날 생각이었다.

하지만 오늘따라 만사가 당초석의 생각대로 되지 않았다. 쏟아지던 강기의 덩어리가 갑자기 사라졌다.

행여 요마가 지치기라도 했단 말인가?

아니다.

다시 한 번 바위처럼 커다란, 무거운, 강맹한 강기의 소용돌이가 당초석을 향해 날아왔다.

다시 한 번 소매를 펼쳤지만 이번 것은 막을 수 없다는 것을 알았다. 강기는 소매보다, 아니, 당초석보다 더 커다랗다.

모든 것이 수비 범위 밖이다.

당초석은 자신을 비웠다.

자신을 비우니까 못 보던 것들이 보였다.

사방에 흩어진 독기와 암기들. 모두 당초석의 것이다. 소매가 빈 것이지, 그것들이 사라진 것은 아니다.

당초석은 강기의 소용돌이를 피하기 위해 신형을 날렸다. 아니, 그렇게 보이게끔 했다. 몸을 날리면서 그는 소매를 떨쳤다. 흩어졌던 것들이 다시 모였다.

독기다! 우모침이다. 그리고 아직 점화하지 못한 담화린과 단혼사다. 그것들이 뒤죽박죽되어 당초석의 수중에 잡혔다. 기회는 단 한 번뿐.

하지만 가능할까? 강기의 방벽을 뚫기는 힘들지도 모른다. 그럼 최대의 효과를 낼 수 있는 길을 찾아야 한다.

당초석은 놈의 약점이 무엇인지를 깨달았다.

때마침 다시 한 번 강기의 폭풍이 그를 향해 날아왔다.

당초석은 온몸으로 요마가 날린 강기의 폭풍 속으로 뛰어들었다. 몸을 날렸다. 그러면서 그의 몸을 지키고 있던 호신강기를 풀었다. 모든 내공을 끌어모아서 허리 뒤로 감춘 왼손을 보호했다. 피신이 아니라 공격이다. 놈의 강기의 폭풍이 자신의 전신을 강타하는 순간, 당초석은 허리를 틀었다. 구궁환영보 속에서 삼지점이 펼쳐졌다. 아무런 꾸밈과 장식이 없는 초식, 삼지점이다.

"크하아악!"

요마의 비명 소리를 들으며 당초석은 넝마처럼 바닥에 내팽개쳐졌다.

요마는 바닥에 주저앉았다.

눈이 두 개 있을 때 하나를 잃는 것은 큰 충격이 아니다. 참지 못해 자신의 눈알을 생으로 씹어 먹을 때에도 이렇게 분하지는 않았다.

다 이긴 싸움인데……

방심했다.

모든 게 예상대로였다.

당초석에게 틈을 안 주면 암습과 독공은 효력을 잃을 수밖에 없다. 손을 안 마주치면 되는 것이고, 자리를 내주지 않으면 되는 거다.

그렇게 요마는 당초석을 제압했다.

놈의 소매가 빈 것도 알았다. 내공이 다 떨어져 간다는 것도 알았다.

그에 반하여 요마의 내공은?

아직도 그 끝이 안 보였다.

그런데…….

그는 당초석이 자신의 사지를 내던지며 펼친 마지막 초식에 그만 눈을 잃었다.

하나밖에 안 남은 눈을.

너무도 어이없는 실수다.

분노한 요마는 비명을 지르며 아무것도 보이지 않는 암흑 속에서 사방팔방으로 강기를 휘둘렀다.

숨어 지낸 지난날들이 생각났다.

*   *   *

광마가 사천당가의 당초석에게 패했다는 이야기를 듣자, 요마는 가만있을 수 없었다.

그는 수하들을 여동생에게 맡기고 사마를 찾아갔다.

이제는 방법이 없다.

식마와 음마도 결전을 하루 앞두고 사라졌다.

덕분에 머리를 잃은 두 마두의 군대는 지리멸렬, 제대로 한 번 싸워보지도 못하고 무너져 내렸다. 아미산에 모였던 사천의 고수들은 지휘부를 잃고 우왕좌왕하고 있는 식마와 음마의 군대를 마치 개미 밟듯이 마구 짓밟았다.

무너졌다는 표현, 이보다 더 좋은 말이 없을 것처럼 그들은 흩어졌다. 싸우는 것은 자살 행위다. 살길은 달아나는 것밖에 없었다.

다섯 개의 군단 중에서 세 개가 그렇게 사라졌다.

남은 것은 그들 요마 남매와 사마뿐.

살기 위해서는 모여야 한다. 흩어지면 식마와 음마 꼴이 될 게 뻔했다.

그래서 요마는 사마를 찾아갔다.

다섯 개의 군단 중에서 가장 활약이 미미한 군단이 사마의 군단이지만, 더불어 가장 안전하게 전력을 보존하고 있는 곳이 바로 사마의 군단이었다. 사마로부터 군단의 병력을 위임받아서 통일된 지휘 체계를 갖추면 위기를 벗어날 수 있을 것이다.

요마는 그렇게 생각했다.

하지만 사마는 거절했다.

요마는 화가 났다.

남들—다른 사형제들은 모두 죽기 살기로 사천을 뒤흔들고 있었지만, 사마는 교룡인가 뭔가만 쫓아다니며 '뻘짓'을 하고 있었다.

처음부터 사마의 군단이 전력을 다했다면 사천의 강호는 더 심하게 뒤흔들렸을 것이고, 이런 조직적인 저항 자체를 포기했을지도 모른다. 그렇다면 사천 전체가 그들 오마의 발아래 놓였을 것이다.

그래, 처음부터 사마가 전력을 다했다면 상황이 이렇게 되지도 않았을 것이다.

우리 다섯 명의 사형제에게 사천의 곡창 지대를 차지하자고, 우리 여섯 명과 수천 명의 신도의 힘이라면 사천에 신의 나라 하나 건설하는 것 따위는 일도 아니라고 유혹했던 사람이 바로 그녀였다.

하지만 그녀는?

사천의 장강 줄기를 뒤지며 교룡을 찾느라 정신이 없었다.

그녀의 진짜 목적이 무엇이란 말인가?

진짜 목적?

애초에 그런 것은 없었을지도 모른다.

아니, 어쩌면 교룡이 그녀의 근본 목적이었을지도 모른다.

그 생각에 더욱 화가 치밀어 올랐다.

그래서 사마에게 달려들었다.

너무 분노한 나머지 순간적으로 바로 그녀가 사부인 천마를 죽인 사람이라는 것마저 잊어버렸다.

결과는?

당연하다.

요마는 순간 눈이 멀었고, 머릿속이 멍해졌다. 인간 세상이 아닌 곳, 이승과 저승 사이의 어느 곳에 있는 자신을 발견했다. 그리고 그를 향해 달려드는 것들, 그것들은 바로 저승 세계의 지옥귀, 나찰들이었다.

요마는 영혼이 지옥으로 끌려가지 않기 위해 완전히 정신을 잃기 전에 이지를 회복해야 했다. 눈에 보이는 환각에 빠져 있으면 그를 끌고 가는 영귀들에게 영혼이 끌려갈 것이다. 눈에 보이는 것을 믿어서는 안 된다.

요마는 스스로 한쪽 눈을 파괴했다. 그래도 보이면 양쪽 눈을 모두 파괴할 생각이었다. 다행히도 한 번의 충격으로 요마는 이성을 회복할 수 있었다. 아니, 구천지옥으로 한 발 들여놓았던 그의 영혼이 다시 현실로 돌아올 수 있었다.

그때 한쪽 눈은 완전히 시력을 잃었지만, 목숨을 구했다는 것을 생각하면 싸게 산 거였다.

심령 공격이 바로 사마의 주특기다.

아마 사부도 그렇게 사마에게 당했으리라.

요마는 사마의 다음 공격이 있기 전에 몸을 굴렸다. 그리고…….

그곳을 어떻게 빠져나왔는지는 요마도 모른다. 다행인 것은 사마가 더 이상 요마의 마지막 숨통을 끊지 않았다는 것인데…….

어쩌면 그럴 필요도 없었는지 모른다. 이미 요마는 빈사 상태였으니까 말이다. 그리고 요마는 곧 의식을 잃었다. 기절보다는 가사 상태라는 표현이 적당할 것이다.

그렇게 산속에서 반사(半死) 상태에 놓인 요마를 장각이 발견했다. 당연히 요마는 그에게 포로로 잡혔고.

요마는 저항도 못했다. 이미 죽은 것이나 마찬가지인데 저항은 무슨~!

장각은 여동생이 지휘하는 마지막 군단마저도 아미산에서 결국 붕괴되었다는 이야기를 요마에게 들려주었다. 그것을 끝으로 사천을 만 일 년 넘게 뒤흔들던 백련교의 난은 진압된 것이다.

그런데 사마는?

그녀에 대한 소문은 어디에도 찾을 수가 없었다.

장각은 사패의 동료들과 함께 사마와 그녀의 군단에 대한 흔적을 찾았지만 결국 발견하지 못했다.

동생 요마가 이끄는 군단이 아미산에서 붕괴되는 순간, 성도 인근에 포진해 있던 사마의 군단은 그녀와 함께 사라졌다. 조용히 땅속으로 숨어들었다는 것밖에는…….

순간 포로가 된 요마는 깨달았다. 사마가 동료와 사형제들에게 이야기하던 그 모든 것이 다 꿈이었다는 것을 말이다.

아마도 이 모든 것이 사마의 계획이었는지도 모른다. 아니, 계획이었을지도 모르는 것이 아니라 계획이라는 생각이 들었다.

사부를 죽이고, 사형제들마저 제거하고, 신도들까지 모두 없애려는 계획. 그렇게 백련교와 관련된 모든 것을 지워 버리고, 자기는 평범한 한 사람으로 돌아가는 계획. 그것이 바로 사마의 진짜 계획이었을 것이다.

요마는 장각에게 한 가지 제안을 했다.

천마, 이제는 그들 사형제, 오마가 나눠 가진 백련교 교주의 절기를 전해주겠다고. 대신에 나를 풀어달라고.

장각은 거절했다.

그는 마교의 무공은 사람들을 현혹시키기 때문에 지상에서 사라져야 한다고 주장했다.

그럼 요마를 죽일 셈인가?

아니, 장각은 그렇게 하지 않았다. 이미 끝난 전쟁인데, 더 이상의 희생자를 만드는 것은 무의미했다.

하지만 그렇다고 마교의 지도자를 그냥 풀어놓을 수도 없는 일이다. 장각은 요마를 죽을 때까지 구속해 둘 생각이었다.

하지만 그는 죽을 수 없었다.

세상 사람들은 몰라도 사마가 살아 있다.

그 계집은 그렇게 아무도 모르게 죽을 년이 아니다. 내 동생마저 죽었는데, 이 모든 일을 계획하고 만든 사마가 살아 있는데, 그년에게 복수를 하기 전까지 나는 죽을 수가 없었다.

요마는 그렇게 생각하며 이를 갈았다.

검각의 무저갱에 갇혀 있는 동안에도 그 생각으로 연명할 수 있었다.

빛 한줄기 들어오지 않는 무저갱이지만, 덕분에 요마는 원기를 회복할 수 있었다.

빛이 없기에 시력을 쓸 수 없었고, 눈을 쓰지 않으니 그의 시력도 회복되었다. 아니, 오히려 더욱 예민하게 반응할 수 있게 되었다. 비록 한쪽 눈이지만 말이다.

눈을 파괴할 때 뇌신경도 다친 것 같았다. 열흘도 안 되어 발동하던 성욕도 그 뒤로는 발정하지 않았다.

한 가지 아쉬운 것은 그때의 충격으로 변한 백발은 다시는 금발로 돌아가지 않았다는 점인데, 이미 젊음과 정력, 그리고 성욕을 상실한 요마에게 그것은 아무것도 아니었다.

정무련이 완성되면서 요마는 검각에서 정무련으로 이송되었다. 하지만 지하 무저갱이라는 사실은 바뀌지 않았다. 바뀐 것은 검각에서 정무련이라는 것뿐이었다.

바로 그때 요마에게 손을 뻗는 사람이 있었다.

정무련의 지하 무저갱에 그만을 위한 공간이 건설되는 것을 안 병가보의 여상추는 추궁 끝에 그가 누군지 알아냈고……

여상추는 당장에 작업에 들어갔다.

먼저, 사군회의에서 정무련 지하 무저갱에 갇혀 있는 사람이 누구인지를 밝히고, 그것을 그때까지 비밀에 붙이고 있었다는 것을 빌미로 장각을 추궁했다. 장각 혼자 백련교의 무공을 독차지하려 한다고 말이다.

처음부터 백련교의 무공에 관심이 없던 장각이었지만, 이제는 백련교의 무공을 공개해야만 하는 처지가 되었다.

사패의 주인, 네 사람은 모여서 회의를 열었다. 등패군은 백련교의 마공의 봉인을 원했다. 수라방의 전노군은 중립을 지켰고, 아내의 영향으로부터 벗어나기를 희망하는 열혈군과 좀 더 강한 무공 단계로의 진입을 희망하는 완당군은 공동 소유를 원했다.

결국 네 사람은 그 타협점으로 각자 하나씩 나눠 갖는 것으로 결론을 봤다. 하나의 무공이 넷으로 쪼개졌으니 어느 누구도 완전한 것을 갖지 못할 것이다.

장각은 천마 무공의 기초가 되는 자오신서를 택했다. 그것만으로는 아무것도 할 수 없지만, 그것이 없으면 천마 무공의 정수에 도달할 수가 없게 된다. 즉, 아무런 효용 가치는 없지만, 천마의 무공을 가장 효과적으로 제어할 수 있는 것이 바로 자오신서인 셈이다.

그 결정은 참으로 장각다웠다.

정무련의 이인자 전노군은 가장 효용성이 높은 현일육방도를 택했다. 이 역시 효용성을 추구하는 전노군다운 결정이었다.

그리고 병가보의 여상추는 취장휘서를 택했다. 그 안에 담겨 있는 것은 단 한 가지, 율갑혼정기에 대한 것뿐이다. 단 한 가지지만, 무엇보다 굵은 것. 이것 역시 여상추라면 내릴 수 있는 선택이었다.

그리고 신농계의 열혈군은 부족한 무공을 보충하기 위하여 첨밀밀을 비롯한 백련교의 무공서인 규화삼재를 택했다.

그렇게 네 사람 모두 만족했다.

그리고…….

요마는 석방되지 못했다.

요마를 다시 강호에 풀어놓는 것은 너무도 위험한 일이었기 때문이다.

대신에 요마는 지하 무저갱에서 청문궁의 가장 꼭대기 층으로 이송되는 혜택을 누릴 수 있었다. 그곳에서는 떠오르는 일출과 지는 일몰을 모두 감상할 수 있었고, 장각이 항상 요마를 감시할 수 있었기 때문이다.

결과만을 놓고 볼 때, 장각은 요마와 약속을 지켰다. 요마를 지하 무저갱에서 꺼내준 셈이니까. 이와는 반대로 여상추는 요마와의 약속을 지키지 않았다. 요마의 비밀, 즉 천마의 무공이 있는 곳을 밝혀주는 대신에 석방하겠다는 약속은 지켜지지 않은 셈이니까.

그때 요마는 깨달았다. 장각은 그가 알던 유형과는 다른 사람이었다.

그리고 장각은 약속을 제 생명처럼 지키는 사람이지만, 여상추는 약속 지키는 것이 제 입장에 따라 달라지는 사람이라는 것을 말이다.

장각은……

딱히 요마에게 금제를 가하지도 않았다.

그저 요마에게 이곳이 앞으로 당신이 지낼 곳이라고 알려주었을 뿐이다.

장각의 말이, 요마가 누구인데 장각이 요마를 잡아 가둔다고 해서 갇혀 있을 사람이냐는 것이다.

그 말에 요마는 혼자 있을 때 울고야 말았다.

어느 현자가 말하기를, 자신을 알아주는 사람이 셋이 있으면 내일 죽어도 좋다고 했던가?

장각은 요마를 믿고 있었다. 비록 전쟁에서 패했지만, 한 군단을 지휘하던 장수로서 요마를 대해주었고, 그에 걸맞게 요마의 명예를 지켜주고 있었다.

어쩌면 장각이 하는 말이 맞는지도 모른다. 요마는 그렇게 생각했다.

장각이 일 년 삼백육십오 일 요마를 감시할 수는 없는 일이고, 요마가 원한다면 장각이 한눈파는 사이 그곳을 탈출할 수 있을 것이다. 하지만 요마는 그렇게 하지 않았다. 장각과 약속한 이상, 장각이 죽지 않는 이상, 그리고 장각이 나가도 좋다고 말하지 않는 이상 그곳을 벗어나지 않겠다고 말이다.

그리고 요마도 만족스러웠다.

자신과 사부의 무공, 내공에 대한 연구를 할 수 있었기 때문이다.

아직 요마는 완전한 상태도 아니었고, 좀 더 자신을 단련할 필요가 있었기 때문이다. 무엇보다 율갑혼정기에 대한 더 깊은 연구가 필요했다.

요마 스스로도 놀라운 것은 사마와의 격돌 후, 요마는 더이상 성욕이 일지 않고 있다는 사실이다. 눈을 다칠 때, 성욕을 담당하는 뇌의 어느 부분도 같이 다친 것 같았다.

율갑혼정기는 사람의 본능을 자극하고, 그 본능을 채움으로써 만족감을 극대화해서 기운을 쌓는 무공.

본능 중에서 성욕이 없으니 다른 욕심이 생겼다. 식욕이다. 먹을 게 없으니 자신을 먹을 수밖에 없었고, 손발을 떼어 먹을 수 없으니 자신의 기운을 먹었다.

자신의 기운을 먹어서 다시 기운을 만드는 형국이다.

그때 요마는 새 세상을 볼 수 있었다.

남의 것을 빼앗아서 자신의 것으로 만드는 것만이 세상의 전부가 아니다.

내 것을 남을 줘서 남을 이롭게 할 수도 있고, 남으로부터 도움을 받아서 내 것을 더 키울 수도 있다. 때로는 남에게 빌려주고, 남에게 빌어 올 수도 있는 것이다.

세상이란……

항상 네 것, 내 것으로 갈라지는 것만이 아니다.

내 것을 내가 잘 키워서 더 큰 나를 만들 수도 있는 것이다.

요마가 그것을 깨달아갈 즈음, 어느 날의 일이었다.

장각이 자리를 비운 사이, 청문궁에 들른 여상추가 말해주었다.

다른 모든 사람들은 약속대로 요마를 석방하려 하였지만, 장각이 절대로 안 된다고 했다고. 요마가 다시 풀려나면 세상은 다시 혈겁에 빠질 거라고.

요마는 여상추의 말을 믿지는 않았지만, 그래도 장각에 대한 그의 생각이 흔들리는 것은 사실이었다.

다음에 또 여상추는 말했다.

사마를 발견했다고.

요마가 말해준 대로 천마의 무공이 있는 곳을 찾아갔을 때, 사마의 흔적을 찾을 수 있었다고.

여상추는 사마가 여자라는 것으로 그의 말이 거짓이 아님을 증명했다.

요마는 광분했다.

잊고 있던 복수의 다짐이 다시 생각났다.

요마는 장각에게 그것을 청했다.

장각도 사마의 흔적을 알고 있었다.

장각이 자리를 비운 것은 모두 그 때문이었다. 사마를 비롯한 오마의 흔적을 추적하는 것.

요마는 장각에게 석방을 요구했다, 약속을 지키라고.

장각은 거절했다.

"내가 공을 막을 수는 없지만, 그렇다고 그것을 허락할 수는 없소. 석방은 내 요구 조건이 아니었을 뿐만 아니라, 공께서 겨우 평화가 찾아온 강호를 뒤집고 피바람을 불어오도록 놔둘 수는 없는 일!"

장각은 요마의 복수는 그가 대신하겠다고 했다.

하지만 요마는 그것을 참고 있을 수만은 없었다.

다시 여상추가 요마에게 손을 뻗었다.

장각만 제거된다면, 요마의 석방을 방해할 사람은 아무도 없을 것이라고.

그것은 은연중의 청탁이었다. 장각의 제거를 요구 조건으로, 요마의 석방을 그 반대급부로 하는 청탁.

요마는 여상추의 말을 믿는 것은 아니지만, 요마는 그 제안을 받아들였다.

요마는 여상추와 약속한 그날, 요마는 장각을 쳤다.

여상추는 요마에게 장각을 기습하라고 했지만, 요마는 정식으로 비무를 청했고, 비무 결과 요마가 이겼다. 아직 그의 새로운 무공은 완성을 이루지 못한 상태였다. 공정한 비무였기에 요마는 장각의 죽음에 책임을 져야 할 일이 없었다. 그리고 장각이 죽지도 않았고.

그런데 요마가 장각을 이긴 순간 나타난 여상추가 장각을 죽였다.

"이제 달아날 셈인가?"

여상추의 말에 요마는 자신이 또 한 번 여상추의 함정에 빠졌다는 것을 깨달았다.

장각의 죽음이 비무였든 무엇이었든, 장각은 요마가 죽였다. 그가 달아나면 세상 사람들은 그렇게 생각하고, 요마는 복수를 시작하기도 전에 세상 사람들의 공적이 되어 도망을 쳐야 할 상황이다.

여상추가 장각을 기습하라고 했던 것은 바로 그렇게 하기 위함이었다.

하지만 요마는 그렇게 하지 않았고, 행여나 요마가 그렇게 하지 않을 것 같아 여상추는 숨어서 기회를 노렸던 것이리라. 여상추가 시간을 정했다는 것이 그것을 증명한다.

결국 요마는 또 한 번 여상추에게 굴복할 수밖에 없었다.

여상추는 요마에게 가로세로 일 장의 폐가를 제공했다.

겉으로는 장각의 청문궁 꼭대기 층보다 나은 공간이지만, 사실은 그렇지 못한 공간이었다. 청문궁 꼭대기 층은 사방을 멀리까지 내려다볼 수 있지만, 평지에 건설된 이 단층 저택은……

요마는 그곳에 틀어박혔다.

그리고 미진한 자신의 무공을 완성시켰다.

이제 여상추에게 비무를 청하고, 그를 이기고 이곳을 빠져나갈 생각을 하고 있을 즈음,

여상추가 그를 찾아왔다.

요마는 다시 강호로 나왔다.

사마의 흔적을 찾았고, 가장 먼저 성도 인근 백성들 사이로 숨어든 사마의 군단을 재소집했다. 이제 사마만 찾으면 된다.

사마를 찾는 가장 쉬운 방법은?

간단하다.

백련교의 존재 자체를 완전히 백지화하고 사라지기를 원하던 사마였으니, 자신의 존재, 그리고 그녀의 군단의 존재를 다시 부각시키면 그것을 지우기 위해 나타날 것이다.

자신을 부각시키는 가장 쉬운 방법은?

분탕질이면 된다. 그의 이름으로 강호를 어지럽히기만 해도, 사마는 그를 찾아올 것이다.

요마는 활동을 시작했다.

여상추와의 약속대로 먼저 전노군과 후영한조를 제거했고, 이제 사천당가의 가주를 칠 차례였다.

지난 사 년간, 여자는커녕 세상 사람을 구경도 못하고 지낸 요마는 자신의 기운으로 자신이 먹고사는 수밖에 없었다.

요마는 자신을 먹었다. 기운을 먹고 기운을 만들었다.

먹다 보니 스스로 성장하는 것을 알았다.

세상에 기운이란 것은 사람에게만 있는 것이 아니다. 세상이 기운이다. 내 안에도 기운이 있고, 내 밖에도 기운이 있다. 밀도가 다를 뿐이다.

자신의 기운을 먹고 자신의 기운을 만들었을 때, 그는 정화라는 것을 알았다.

그렇게 그는 자신을 맑게 했다.

여기에서 맑게 했다는 표현은 흔히 말하는 깨끗하게 했다는 것이 아니다. 그의 기운 속에 섞여 있는 잡다한 기운을 버리고, 순수한 그의 기운만으로 정화시켰다는 뜻이다.

그렇게 사 년을 단지 죽지 않기 위해, 오로지 기운의 정화에만 매달리다 보니 모르던 것을 깨달았다.

마르지 않는 샘과 같은 기운, 바로 그의 것이다.

당초석에게는 틈을 주지 않으면 이긴다. 접촉하지 않으면 이긴다.

요마는 자신있었다.

그래서 당초석을 불러냈는데…….

"크으으윽!"

요마는 소리치며 손을 뿌렸다.

행여 요마가 주춤하는 사이 당초석이 달려들지 모르기 때문이다.

방심하다 당했다.

하나 남은 눈을 잃었다.

시력을 잃은 요마는 수비를 위해서 천지사방에 강기를 뿌렸다.

그렇게 미친 듯이 날뛰기를 얼마나 했을까, 서서히 지쳐 가기 시작했고…….

"헉헉헉헉헉헉헉……!"

요마가 거친 숨을 몰아쉬자, 누군가 다가섰다.

"장군."

늙은 수하의 목소리가 들려왔다.

"당가 놈은?"

"웬 철가면을 쓴 놈이 와서 끌고 갔습니다."

"놓쳤군."

또 눈을 잃었다.

하지만 상관없다.

시력을 잃고 검각의 무저갱에 갇혀 있기를 이 년여.

눈이 없어도 상관없다. 지난 경험을 되살려 시력을 제외한 나머지 사감과 더욱 발달한 육감을 활용하면 말이다.

이제 강호는 다시 자신의 등장을 알 것이다.

그럼 사마도 그 이야기를 듣겠지.

요마는 태양이 있는 방향으로 몸을 돌렸다. 석양의 태양이 식어버린 그의 몸을 훈훈하게 달궈주었다.

第七十章

그것을 제게 주세요

狼王

고적은 슬슬 지쳐 갔다.

성도로 돌아오면 금방 설아를 찾을 수 있을 줄 알았는데, 당최 그녀가 있는 곳을 알 수 없었다.

"분명히 여기 어디인데⋯⋯."

고적은 하늘을 올려다보았다.

여전히 하늘 높이 매가 날고 있었다. 목아다. 목아가 있는 곳에 설아가 있다. 고적은 그곳 인근을 샅샅이 뒤졌지만, 설아를 찾는 데에는 실패했다.

바닥에 주저앉아서 고적은 날고 있는 매를 욕했다. 이제 좀 쉬면 어디가 덧나나.

바로 그때, 매가 날고 있는 방향이 바뀌었다.

고적은 자리에서 벌떡 일어났다.

설아가 다른 곳으로 이동하고 있었다.

고적은 다시 매를 쫓기 시작했다.

*   *   *

여일위와 용비교 시보는 지금까지 주어진 정보를 정리하느라 정신이 없었다.

천여 명의 인파가 무산을 통과해서 사천으로 진입했다. 그리고 그들은 이제 일제히 성도로 향하고 있다.

백제성에서 숨을 고른 여상추도 성도로 향한다.

여상추는 그들의 행적을 계속 추적하라 지시를 하면서 정무련으로 향하겠다고 지시를 내렸다.

"싸가지 더럽게도 없는 놈……."

짐작이 갔다.

차도살인지계. 여상추는 그들로 하여금 성도의 정무련을 치라고 했을 것이다.

수라방은 주인이 없고, 검각은 어린 아들딸들이 이끌고 있다. 강 건너 있는 신농계는 너무 약하다. 남은 것은 병가보뿐. 정무련의 사패를 그렇게 정리하고, 자신의 세력만으로 사천을 접수하겠다는 생각인가?

"그 천 명의 인원 중에 전투원은 몇이나 될까요?"

"천 명 전원이 전투원이라고는 할 수 없지요. 늙은이와 아이들도 끼어 있으니, 아마 부족 전체를 통째로 옮기는 중일 거요. 그러니까 많아야 반반이라고 한다면……."

오백 미만이라는 소리다.

가능성있는 이야기다. 그리고 승부 가능한 숫자이기도 하고. 미리 알고만 있으면 된다. 기습만 면할 수 있다면 말이다.

"뭐?"

또 다른 소식이 들어왔다.

이번에는 당초석이 기습을 당했다. 아니, 정확히는 비무 끝에 중상을 입었다.

상대는…….

"누구?"

여일위는 자신이 잘못 들은 것은 아닌가 의심이 갔다.

"확인되지 않았습니다만, 요마라고 합니다."

시보도 눈을 크게 떴다.

"그럴 리가……. 분명히 등패군 장각과 함께 죽은 요마의 시체를 확인했는데?"

그것이 일 년 전의 일이다.

"요마는 죽었다 살아나는 재주가 있는가 보오. 아니면 누가 죽은 사람을 가져다 놓고 요마라고 했는지도 모르지."

시보는 자신의 실수를 깨달았다.

여상추는 사패의 사군들의 눈을 피해 요마도 감춰두고 있었다.

"놈의 뜻은 이제 분명하군요."

여일위의 말에 시보도 고개를 끄덕였다.

"사천을 뒤집어엎겠다, 이 말이지요."

여일위는 싱긋 미소를 지어 보였다.

자신감 가득 찬 미소다.

"백호당은?"

용비교 시보의 질문에 여일위는 자신있게 대답했다.

"출발했습니다. 놈에게 들키지 않기 위해 한발 뒤에 나서느라 조금 늦어졌습니다."

*   *   *

용성표국의 상단은 밤을 새워 달려서 잠운산을 빠져나왔다.

용성표국의 호위를 받으면서 성도를 출발했던 상단은 이제 더 이상 상단이라고 부를 수 없는 지경에 이르렀다.

선두에는 찢어진 표국 깃발을 매단 마차, 그 뒤로 짐수레 두 개. 화물이 겨우 수레 두 개인데, 누가 과연 그들을 상단이라고 부를까!

나머지는 모두 잠운산 어딘가에 흘리고 왔다.

마차가 달리는 속도를 짐수레가 쫓아가지 못하는 것이 당연했다. 잘 달리는 마차가 행렬의 끄트머리에 있는 이유가 다른 데 있는 것이 아니었다. 잘 달리는 것을 선두에, 속도 순서대로 뒤에 놓게 되면 행렬은 시간이 지날수록 가늘고 길게 늘어지는 법이고, 대오가 길면 길수록 외부의 공격에 취약해지는 것은 당연하다. 이것은 병법을 몰라도 누구나 알 수 있는 일. 그렇기 때문에 선두는 아무리 급해도 반드시 후미와 보조를 맞춰야 한다.

그런데 아수라가 하라는 대로 했다가 이 지경이 되었다.

피식.

자신의 너무나 어이없는, 지극히 초보적이라 신입 표사도 범하지 않는 실수에 용성표국 국주는 헛웃음만 나왔다.

이제 완전히 잠운산을 벗어나자 선두 마차에서 아수라가 뛰어내렸다.

"이봐, 국주!"

마차 바로 뒤에서 짐수레를 몰던 용성표국 국주는 화가 나서 소리를 질렀다.

"왜!"

"이제 슬슬 날이 밝는데, 지금부터는 혼자 상단을 끌고 갈 수 있겠지?"

용성표국 국주는 화가 났다.

"뭐? 상단? 지, 지, 지……."

너무나 화가 나서 말이 제대로 나오지도 않았다.

"지금 네 눈에는 이게 상단으로 보이니?"

용성표국 국주는 마차 뒤에 붙은 짐수레 두 개를 가리켰다.

"지금 저게 성도를 출발할 때 짐수레만 이십 개요, 마차만 다섯이고, 상인만 삼십 명이 넘던 상단으로 보여?"

아수라는 느긋하게 말했다.

"잘 아네. 그걸 기억하는 사람이 왜 그랬어?"

"뭐?"

"그것을 지키는 게 표국이 하는 일 아냐? 표국 국주가 되어서 그걸 다 어쨌어?"

"지, 지, 지금 그걸 말이라고 해?"

"내 일은 싸워서 이기는 일이고, 당신 일은 표물을 지키는 것이었어. 나는 내 일을 다 했다고. 표물을 잃어버린 것은 자네 책임이지 내 알 바 아니라고."

두 사람은 언성을 높여 싸우기 시작했다.

상단에서 남은 사람이라곤 국주와 아수라, 그리고 마차에 타고 있던 소공녀에 몸종 하나가 전부다.

정작 그들을 지켜야 할 표국 국주와 표사(?) 아수라가 언쟁을 벌이니까, 마차 안에 있던 사람들도 뛰어나와 두 사람을 말리느라 정신이 없다.

용성표국 국주는 화가 나서 짐수레로 돌아갔다.

"맘대로 해! 네놈이 표사라면 네놈은 이제 해고다. 나는, 나는… 나 역시. 표물을 산채 놈들에게 강탈당한 내 표국. 이제 파산이겠지. 하지만 나는 나 혼자 죽지는 않겠어. 돌아가는 대로 나는 수라방에 네놈을 고소할 거다. 제멋대로 상단의 선두를 맡아서는 상단의 후미가 아니라 상단 전체에 대해서는 안중에도 없고, 제멋대로 하기만 한 너를 표국 연합인 수라방에서 그냥 둘까! 네놈도 사천에서는 이제 끝장이야!"

─네놈도 사천에서는 이제 끝장이야!

─네놈도 사천에서는 이제 끝장이야!

─네놈도 사천에서는 이제 끝장이야!

용성표국 국주의 마지막 말이 아수라의 뇌리 속에서 메아리치며 울렸다.

'끝장이라고?'

─그래. 끝장이야. 상단을 잃고 제멋대로 행동하는 네놈을 어느 표국에서 인정할 거야? 이번이 처음인가? 청사군에서도 너는 네 멋대로 행동을 하다가 방출되었잖아!

아수라의 얼굴 근육이 경련을 일으켰다.

'누가 끝장이라고 그래? 수라방이 뭐라고?'

─맞아. 그깟 수라방이 뭐라고!

"내가 누군데? 내가 끝장이라고? 그래, 어디 나 빼고 얼마나 잘하는지, 잘해보셔! 이거 왜 이래? 나는 아수라야!"

아수라는 눈이 시뻘게져서는 소리쳤다.

그의 눈에 짐수레에 올라서 짐을 정리하고 있는 용성표국 국주의 모습이 보였다.

아수라는 성큼성큼 그를 향해 다가섰다.

그리고 손을 뻗었다.

수레 위에 있던 용성표국 국주의 뒷덜미를 잡고는 바닥에
내팽개쳤다. 그리고 패기 시작했다.

"어흑, 어헉, 으악, 아악, 아아악! 아수라, 아수라… 살려주
시오! 아수라, 내가 잘못했소!"

용성표국 국주가 비명을 지르자, 소공녀와 몸종도 달려들
어 아수라를 말렸다.

"참으세요, 아수라. 잘못했다잖아요."

다들 눈물, 콧물이 범벅되어 울고 있었다.

실컷 용성표국 국주를 패던 아수라는 고개를 들었다.

울고 있는 소공녀가 보였다. 예쁘다. 귀엽다. 맘에 든다.
탐이 난다. 범하고 싶다. 능욕하고 싶다. 울고 있는 그녀의 깊
은 곳을 파고들면 그녀는 어떤 표정을 지을까?

궁금해졌다.

―못할 것이 뭐 있어? 어차피 성도로는 못 돌아가게 생겼
는데.

"악!"

아수라는 계집―소공녀의 머리채를 잡았다. 그리고 발버
둥치는 소공녀를 그대로 마차로 끌고 갔다.

"아수라, 아니, 공자… 대인……."

소공녀가, 그리고 몸종이 매달리며 아수라에게 빌고 또 빌

었지만, 소용없는 일이었다.

아수라는 그대로 소공녀를 마차 안으로 집어 던졌고, 마차 문을 닫기 전에 용성표국 국주에게 소리쳤다.

"너, 호법을 서. 달아나거나 방해를 하면 어찌 되는지 알지?"

마차 문이 닫혔다.

이어서 소공녀는 비명을 질러댔고, 마차는 일정한 박자에 맞춰서 흔들리기 시작했다.

용성표국 국주는 겨우 몸을 일으켰다.

소공녀의 비명 소리는 점차 잦아들었다.

몸종이 용성표국 국주 곁으로 다가왔다.

"괜찮을까요?"

용성표국 국주는 뭐라 대답해야 할지 알 수가 없었다.

"개, 갠찬게치. 서르마 주기기야······."

이빨이 부러져서 바람이 새고 있었다.

마차는 뒤에 짐수레를 매달고 움직이고 있었다.

마부석에는 흙먼지 뒤집어쓰고 얻어터져서 잔뜩 멍들고, 이 부러지고, 쓰고 있던 두건은 어디 갔는지도 모르는 용성표국 국주가 앉아 있었다.

그의 옆에는 소공녀의 몸종이 앉아 있었고.

몰던 마차는 또 멎었다.

마부석으로 이어지는 마차 문이 열리고, 아수라가 마차를 멈추게 했다. 아수라가 깨어났다.

또 대법인지 뭔지가 끝이 났나 보다.

이어서, 아녀자의 비명이 들리기 시작한다. 소공녀다.

그리고는 마차는 움직이지도 않는데 흔들리기 시작했다.

마차 안에서 또 무슨 일이 벌어지고 있었다.

아녀자는 흐느꼈고, 사내는 씩씩거렸다.

마부석의 두 사람은 그 소리가 들리지도 않은지 그냥 무표정한 모습으로 거기 앉아 있었다.

"괜찮을까요?"

반복되는 몸종의 질문에 용성표국 국주 역시 기계적으로 답했다.

"개, 갠찬게치. 서르마 주기기야……."

"아니요. 우리 말이에요. 그냥 이대로 이렇게 가도……."

용성표국 국주는 이대로 갈 수 없을 거라는 생각이 들었다.

이미 아수라는 미쳐 있었다.

관 안에 누워서 가겠다고 했을 때 알아봤어야 했다.

뭐? 대법을 수행하는 중이라고?

수행은 조용한 곳에서 남들 방해받지 않는 상태로 하는 게 수행이다.

그런데 무슨 표행을 쫓아가면서 수행이라고…….

그러다가 결국 미쳤다. 마에 걸린 거다.

"그냥 이대로 가면……."

용성표국 국주는 은근슬쩍 몸종에게 몸을 기댔다.

아수라 저놈은 소공녀를 탐하느라 정신이 없으니 지금이 기회다.

"지그미 기회야."

몸종은 용성표국 국주의 말뜻을 알아차렸다.

조심스럽게 마차에서 내렸다.

여전히 마차는 박자에 맞춰서 흔들리고 있었고, 마차 안의 사람은 마차 바깥에서 일어나는 일에는 관심이 없는 듯했다.

용성표국 국주는 느릿느릿 고개를 끄덕였다.

몸종은 내달리기 시작했다.

'그래도 한 사람은 살렸잖아!'

용성표국 국주는 표사가 되기를 잘했다고 생각했다. 웃으려고 하니까 찢어진 입술이 따가웠다.

마차는 가다 서다를 반복했다.

아수라가 대법을 수행하네 뭐네 하면 마차는 움직였고, 아수라가 깨어나면 아수라가 그 짓을 하기 위해 마차는 멎어야 했다.

"어? 계집 하나 어디 갔어?"

아수라가 물었지만, 용성표국 국주는 할 말이 없었다.

그냥 이제 죽는구나 하고 생각했다.

하지만 그게 다였다.

몸종 계집이 달아났다는 데 대해서는 더 이상 궁금하지도 않은 것 같았다.

대법을 멈춘 아수라는 또다시 소공녀를 탐했고, 마차 안에서 발가벗겨져서 사지가 묶여 있는 소공녀는 달아나지도 못한 채 아수라가 굴리면 굴리는 대로, 엎어놓으면 엎어놓는 대로 당할 수밖에 없었다.

"그동안 고생 많았어. 가사몽습지혜가 다 끝나가. 이게 끝이 나면 나는 고수가 되어 다시 태어날 거야. 그럼 국주 당신은 내가 총관을 시켜줄게. 너는… 너는 내 애첩 일호가 되는 거야. 그리고는 호의호식하는 거지. 어때?"

아수라는 다른 사람들의 입장은 전혀 생각지 않고 자신의 꿈과 희망만 말했다.

애초에 남들이란 것에 아수라는 관심이 없었다.

아수라는 또 가사 상태와 비슷한 잠에 빠져들었고, 마차는 또 기계적으로 움직이기 시작했다.

어느새 밤이었다.

용성표국 국주는 오늘 하루 종일 악몽을 꾸는 것 같았다.

*   *   *

아침에 당초석이 혼자 객잔을 나갈 때까지만 해도 당가 사람들은 무슨 일이 일어나고 있는지를 알 수 없었다.

저녁나절이 되어서야 실명객이 고깃덩어리가 되어 있는 당초석을 업고 나타났을 때, 그제야 사람들은 사건의 전모를 알 수 있었다.

"죽었어요? 아직 살아 계신 거죠?"

당방현이 울며 소리쳤다.

"숨은 붙어 있소. 하지만 기식(氣息)이……."

당초석을 바닥에 내려놓으며 실명객이 중얼거렸다.

"죽지는 않았잖아요. 죽지 않았으면 살릴 수 있는 거죠?"

당파추는 울부짖는 당방현을 뒤로 끌어냈다.

"진기가 바닥났습니다."

당파추는 당초석의 소매를 확인했다. 비어 있었다. 게다가 붙어 있는 사지 중에서 멀쩡한 것은 하나도 없었다. 팔 하나, 다리 하나는 지혈을 하느라 동여매서 너무 오랫동안 피가 흐르지 못했고, 때문에 벌써 괴사가 진행되고 있었다. 잘라내야 할 것 같았다.

아니, 사지 중 둘을 절단하든 말든 지금 살아 있는 게 용했다.

실명객은 품속에서 세 개의 단약을 꺼내서는 옥병 속의 물로 개어서 당초석의 입안에 흘려 넣었다.

"신농계의 삼보입니다. 지금으로서는 이게 최선이라고 할수밖에 없을 것입니다."

기운이 들어가자 당초석의 몸이 경련을 일으켰다.

황급히 실명객은 그를 끌어 앉혀놓고 그의 등에 장심을 갖다 붙였다.

"비켜라."

당파추가 실명객을 밀어냈다.

대신에 그의 자리를 당파추가 차지했다. 그리고 자신의 내기를 당초석에게 불어넣었다.

겨우 끊어질 듯 말 듯하던 당초석의 호흡이 다시 이어졌다.

실명객은 급한 대로 당초석의 상처를 치료하기 시작했다.

*　　*　　*

"객잔을 통째로 빌려서 묵고 있는 게 사천당가인 듯합니다."

"가주도 있습니다."

"가주 놈은 어디 가서 누구와 비무를 하다가 다쳤는지 지금 죽을 등 말 등합니다."

"가주 외에 고수 놈은 늙은 장로 놈 하나밖에 없습니다."

"철가면을 쓴 다른 한 놈이 더 있는데, 그놈은 사천당가 사람이 아닌 듯합니다."

"어떻습니까?"

동료들의 시선이 일제히 사냥꾼 마씨에게 향했다.

"사천당가라……. 수라방을 첫 먹잇감으로 하려 했는데,
그보다는 사천당가가 좋겠지?"

사냥꾼 마씨는 뒤에 있는 장로 마씨에게 물었다.

"기왕이면 사패보다는 명문정파가 낫겠지."

사냥꾼 마씨는 결정했다.

"좋아, 그곳부터 시작한다."

그의 결정에 백여 명의 선발대가 일제히 움직이기 시작했
다. 표적은 사천당가가 통째로 빌려서 묵고 있는 객잔이었다.

*　　　*　　　*

이단은 마음이 진정되지 못했다.

차가람이 와 있다.

그 사실이 그를 흥분시켰다.

우선은 해야 할 일들이 있었다.

자오신서를 찾아야 한다.

그것이 있으면 여상추가 본모습을 드러낼 것이다. 율갑혼
정기를 완성시키기 위해서는 자오신서가 필수다.

그러므로 자오신서부터 찾아야 하는데…….

그런데 책이 손에 안 잡혔다.

손은 열심히 책들을 뒤지고 눈길은 표지를 훑고 있었는데,
정신은 딴 데 가 있었다.

얼마나 정신이 나가 있는지 바로 옆에서 사람이 와서 부르는 것도 몰랐다.

보다 못한 나머지 곁에 있던 장홍학이 이단을 불렀다.

"낭왕!"

"뭐?"

"저기 낭왕을 부르는 사람이 있다고효."

장홍학이 짜증을 내며 말했다.

"아……."

취문의 무사 한 명이 쟁반에 붉은 배첩을 들고 와 있었다.

이단은 그것을 받아 펼쳤다.

이내 그의 표정이 무거워졌다.

"배첩을 갖고 온 사람은?"

아직 아래층에 있단다.

이단은 서둘러 계단을 내려갔다. 아니, 내려가다가 도로 올라왔다. 그리고는 창문으로 뛰어내렸다.

"낭왕!"

장홍학이 소리쳤지만 그것은 이미 이단이 창문으로 뛰어내린 후였다.

"갈왕!"

동파다. 배첩을 가져온 사자는 바로 동파였다.

"아아, 난 지금 사자로 와 있는 중이라고."

동파가 뒤로 한 발자국 물러나며 중얼거렸다.

"사자? 네놈이 어떻게 요마의 사자란 말이냐?"

동파가 이를 드러내며 이죽거렸다.

"그러게. 일이 어쩌다가 그렇게 되었네!"

"일이 끝나면, 다음은 네놈 차례다."

동파는 여전히 이죽거렸다.

"아아, 그러셔? 그건 다음 이야기이고."

"어디냐?"

"망강루(望江樓)에서 기다리고 계시네."

성도에서 동남쪽으로 오 리 정도 되는 곳이다. 지금 바로 달려갈 수 있는 곳이다.

이단은 자리를 박차고 날아올랐다.

*　　　*　　　*

불침번을 맡았던 사람이 뛰어왔다.

당초석의 중상 때문에 잠들어 있는 사람은 아무도 없었지만, 불침번이 전하는 소식에 사람들은 긴장하지 않을 수 없었다.

"에구구, 지옥귀는 혼자 돌아다니지 않는다더니, 이번에는 또 뭐? 그래, 몇 명이나 되더냐?"

당파추가 힘없는 목소리로 물었다.

당초석을 살리기 위해 내기를 너무 많이 소비했기 때문이다. 이제는 칼을 들 힘도 안 남아 있었다.

"한쪽에 이십여 명 이상이 보이는 것으로 보아 백 명 내외인 듯합니다."

당파추는 힘없이 미소 지었다.

"힘겨운 싸움이 되겠구나."

당초석이 의식이 없으니 지휘를 할 사람은 당파추밖에 없었다.

"흔아, 너는 현아와 함께 가주를 지킨다. 너희 둘은 동쪽, 다시 둘은 서, 두 명씩 남, 북을 맡는다. 그럼 모두 다 된 건가? 에구구, 나도 이제 늙었나 보다. 잘 봐줘라. 오늘 내가 칠성돈을 극한으로 펼칠 것이니."

당파추가 중얼거리며 자리에서 일어나다가 풀썩 다시 주저앉았다.

그사이 소식을 들은 실명객도 같이 움직였다.

객잔의 주인에게 이 사실을 알리고 피신토록 한 것이다.

"어디로 달아나란 말입니까요?"

객잔 주인 부부가 울먹이며 물었다.

"글쎄요……. 보아하니 저들이 그냥 놔줄 것 같지는 않습니다만… 혹시 격전이 끝날 때까지 피할 곳이 있습니까?"

객잔 주인 부부는 서로 눈치만 살폈다.

"지금 피하지 않으면 달아날 틈이 없을 것입니다."

"사실은……."

주인은 바닥에 깔아놓은 서까래를 두들겼다.

실명객의 눈이 가늘어졌다.

역시 있었다.

이런 객잔은 항상 무슨 분란을 겪을지 모르는 일이다. 그래서 토끼 굴처럼 언제라도 그곳을 빠져나갈 수 있는 길을 만들어놓는 법이다.

"당 장로."

실명객은 당파추를 불렀다.

바로 그때 놈들의 공격이 시작되었다.

십 대 백의 싸움이 시작되었다.

한쪽은 사천당가 사람들. 대부분이 젊은 일, 이세들이다. 다른 쪽은 백여 명의 무사들. 무사라기보다는 산적이라는 표현이 더 잘 어울릴 것 같다.

처음에는 사천당가의 독과 암기에 무사들이 당황했지만, 이내 전세는 역전되었다. 숫자에서 이미 독과 암기로 상대할 수 있는 규모를 능가하고 있었다.

기관 장치와 철질려 등으로 막기는 했어도 그것으로 처리할 수 있는 수는 한 번에 서너 명씩이고, 그것도 몇 번 쓰면 끝이었다. 금세 수비망이 깨지고, 당가의 젊은이들은 모두 한곳으로 모이고 말았다.

순간 실명객이 소리쳤다.

"화기(火器)!"

"뭐?"

당파추가 되물었다.

"담화린이든, 솔담분이든, 삼매진화탄이든 갖고 오신 것이 있을 것 아닙니까? 그것을 제게 주세요."

당파추는 실명객이 하는 말이 무엇인지 알았다.

"자네, 지금 무엇을 하려는 것인지 알고나 있는 겐가?"

실명객이 당파추의 멱살을 움켜쥐고 말했다.

"어차피 사 년 전에 죽은 목숨입니다. 여기 있는 누구보다 그 화력과 용도를 잘 아는 사람은 저밖에 없을 것입니다."

마지막 순간에 그것을 쓰려던 당파추는 결국 그것을 실명객의 수중에 넘겨주었다.

"모두 후퇴! 지하로 내려간다!"

실명객이 외쳤다.

당가 사람들이 모두 내려가고, 실명객은 지하 갱도 입구를 닫았다.

한밤중에 터진 불꽃과 버섯구름은 그날 밤을 꼬박 밝히고 나서야 불길이 잡히기 시작했다.

第七十一章
남이 보는 거, 싫어

사건 발생 후,
이십칠 일.

서서히 불길이 잦아들었다.

이층 객잔은 터만 남겨놓고 통째로 날아갔다.

사방에 흩어진 나무토막들—과거에는 서까래이고 기둥이
었을 목재들이 남은 불길에 탁탁 소리를 내며 재가 되고 있었
다.

그 폐허의 바닥이 조금씩 꿈틀거렸다.

구멍이 뻥 뚫리더니 사람들이 나오기 시작했다.

"끝났습니다."

"그렇군. 끝이 났어."

당파추가 그 말을 받았다.

"역시 천지매화탄(天地昧火彈)입니다. 삼매진화탄으로도 이런 화력은 못 냈을 것입니다."

누군가 흥분해서 외치다가 다른 사람에게 한 대 맞고 입을 다물었다.

"찾아보거라. 생존자는 없는지."

사람들이 움직였다. 십여 명의 당가 형제들이다.

반죽음 상태였던 당초석도 겨우 의식을 회복한 듯했다.

"여기 생존자가 있습니다. 실명객입니다."

그의 말에 당방현, 당방혼과 당파추가 뛰어갔다.

실명객이 맞았다.

지금이야 살아 있기는 하지만, 결코 살 수는 없을 것 같았다.

"자네, 대단하이. 그 속에서 어떻게 살아남았누."

그가 꿈틀거렸다.

하지만 움직일 수가 없었다.

당파추가 고개를 끄덕였다.

당방현을 앞으로 끌었다.

"왜지요? 왜요? 왜 그렇게 우리를 도와주고 있던 것이죠?"

당방현도 이제는 대충 무언가를 느끼고 있었다.

당파추가 말했다.

"은퀼, 이제 말씀하게. 내가 네 아빠다라고."

당파추는 고개를 돌렸다.

"아… 빠?"

실명객이 기침을 토했다. 숨을 쉬기 힘이 들어 보였다.

당방현이 죽어가는 그를 붙잡고 울음을 터뜨렸다.

실명객은 겨우 손이었던 살점을 움직였다. 당방현을 쓰다듬고 싶었는지…….

당방현이 그의 손을 잡았다.

당방현은 그녀의 손을 통해 당은궐의 마지막 숨이 빠져나가는 것을 느낄 수 있었다. 그녀는 그가 웃고 있다고 생각했다. 그렇게만 보였다.

*　　　*　　　*

동파가 누군가의 사신으로 왔고, 그를 만난 이단이 달려나갔다는 소문은 곧 정무련 안에 퍼졌다.

지금은 이단의 일거수일투족에 모두의 관심이 집중되어 있었으니까 말이다.

이단이 나갔다는 소리에 여일위는 그 소식을 즉각 일절 사태 일행에게 알려주었다.

그들이 이곳까지 온 이유가 바로 그것이었으니까 말이다.

"늦지 않아야 할 텐데……."

여일위는 한숨을 내쉬었다.

지금까지 모든 일이 계획대로 진행되었는데, 요마의 등장으로 모든 것을 날릴 판이다.

성도는 수라방이 없으면 지키기 힘이 든다. 수라방은 이단이 없으면 큰 힘을 발휘할 수가 없게 되고, 그럼 십수 년 만에 소집한 병가점만으로 막아야 하는데, 상대는 천여 명이다. 힘에 부친다.

백호당은 백제성에서 오고 있는 중이다. 여상추가 출발한 다음에 움직였기 때문에 그만큼 늦어지고 있었다.

"검각의 힘을 빌려야겠군요."

여일위는 용비교 시보의 말에 고개를 끄덕였다.

*   *   *

이단은 그와 마주 섰다.

며칠 전에 정무련에서 봤을 때에는 성한 모습이었는데, 며칠 사이 많이 변했다.

"눈은?"

"아, 방심했다가 당했어. 하나는 자네 사부인 정운에게, 그리고 하나는 사천당가의 가주한테."

"조심했어야지. 몸이 천 냥이면 눈이 구백 냥이라는데."

"훗, 그런가?"

두 사람의 대화는 모르는 사람이 들으면 가까운 사람끼리 나누는 정겨운 인사말 같았다.

"그나저나 많이 컸군. 이제는 나랑 이렇게 이야기를 하는데 하나 움츠러들지도 않고."

"처음에도 그랬어."

"하! 처음에도 그랬다고? 무작정 쫓아오다가 지쳐서 널브러진 놈이 누구더라?"

이단은 오 년 전의 그때 일들이 생각나서 저도 모르게 피식 웃음을 흘렸다. 덕분에 긴장도 풀어졌다.

"용건은?"

"아아, 사마를 찾고 있어."

"사마라⋯⋯. 나도 몰라."

"그래. 그건 세상사람 모두 다 모를 거야. 하지만 불러낼 수는 있어."

"그렇군. 어떻게?"

"소란을 피우면 되지."

"소란?"

"그래. 사마는 모든 흔적을 지우고 잠적하기를 원했어. 하지만 꼬리를 내놓게 만들면 나오게 되는 법이지. 이렇~게!"

요마는 마치 뱀 꼬리를 잡고 거꾸로 들어서 기어오르려는 뱀 머리를 칼로 치는 동작을 취했다.

"소란이라⋯⋯. 그 때문에 나를 찾은 건가?"

"아아, 그뿐만은 아니고. 아무래도⋯ 그래도 사형제간인데, 먼저 간 동생들의 복수는 해야 하잖아!"

이단은 그제야 인정한다는 듯 고개를 끄덕였다.

"그렇군. 아참, 나도 소식이 하나 있어."

"뭐?"

"어제, 여동생이라고 해야 하나, 누나라고 해야 하나? 당신의 쌍둥이 형제를 봤어."

"뭐?"

"진짜야. 당신은 백발이 되어버렸지만, 그 사람은 아직도 금발이더군."

"그~래, 그래. 그렇군. 하하하하핫, 하하하하! 살아 있었군, 살아 있었어."

요마는 통쾌하게 웃었다. 이단도 빙그레 미소를 지었다.

"지금 정무련에 있어. 아마도 당신이 나왔다는 소식을 듣고 내려온 것 같아."

"그렇군. 그럼 잘살고 있겠네. 잘되었어."

이단은 요마의 그 말을 통해 오라비 요마가 여동생 요마를 만날 생각이 없다는 것을 알았다.

"좋은 밤이야."

이단은 고개를 돌려 하늘을 보았다. 별도 달도 환하다. 시원한 바람이 상쾌하다. 역시 좋은 밤이다.

"시작할까?"

쌍둥이 요마의 형제에 대한 이야기라면 그의 생각을 돌릴 수 있을 줄 알았는데, 아니다.

―달아나! 넌 상대가 안 돼.

요마의 말에 이단은 입술을 꽉 깨물었다.

이제는 피할 수 없다. 나올 때 그것을 각오했어야 하는데……. 이럴 줄 알았으면 차가람과 조금이라도 시간을 더 가지다 올 것을 그랬다.

이단은 침착하게 소맷자락에 묶어놓았던 암천조를 꺼냈다.

이단이 준비가 되자 요마가 공격을 했다.

요마는 그 자리인데, 강기의 소용돌이가 날아온다.

이단은 암천조를 펼쳤다. 순식간에 열 자로 늘어난 검은 막대는 강기의 소용돌이를 휘저었다.

그렇게 해서 소용돌이를 멈출 생각이었다.

하지만 힘의 열세다. 소용돌이에 휩싸인 암천조가 휘어졌다.

"좋은 수!"

그 와중에도 요마는 소리쳤다.

이단은 내공을 끌어올렸다. 그리고 내공을 암천조에 실었다. 휘어지던 낚싯대가 억지로 힘을 거슬러서 버텨냈다. 하지만 그것도 잠깐, 결국 낚싯대는 부러지고야 말았다.

'아차!'

―바보!

이단은 자신의 실수를 깨달았다.

낚시의 기본은 힘을 주되, 힘을 거스르지 않을 정도만 주는 것이다.

너무 센 힘으로 버티면 낚싯대가 부러지거나 줄이 끊어지거나.

가장 기본 중에서도 기본을 망각하다니……

이단은 또 한 번 자신의 실수를 깨달았다.

지금은 수련이 아니다. 목숨을 건 대결이다.

대결 중에 딴생각을 하다니……

─그래서 네놈이 대성을 이루지 못하는 거야!

강기의 소용돌이가 그의 전신을 감쌌다.

이단은 신형을 띄웠다.

흐름을 탔다.

세상천지가 뒤집혔지만, 그건 중요한 것이 아니다.

저 힘은 집을 부수고, 나무를 뽑고, 강을 뒤집을 힘이다. 그 힘에 거스르기보다는 그 힘을 타고 넘는 게 중요했다.

이단은 강기를 탔다.

그리고 강기의 흐름을 따라 움직였다.

콰하아아!

이단은 신형을 솟구쳤다.

"좋은 수!"

요마의 함성이 들렸다.

다시 한 번 강기의 폭풍이 몰려왔다.

이번에는 폭풍이다.

이단은 거기에 몸을 실었다.

공격을 할 수는 없지만 방어는 할 수 있다.

두둥실, 이단은 강기를 타고 뒤로 날아갔다.

"좋구나! 그럼 이것도 막아봐라!"

다시 한 번 강기의 바람이 날아왔다.

─달아나! 넌 상대가 안 돼!

이단은 처음으로 마음속에 울리는 말을 들었다.

그래서 그는 이번에도 바람을 탈 생각을 했다. 한데 아니었다. 다시 날아온 바람은 이단을 뚫고 지나갔다.

─깔깔깔깔! 바보.

미풍이다.

지금까지 날아온 폭풍, 소용돌이와는 전혀 다른 것이었다. 이단은 그것을 타고 날 수가 없었다.

힘을 잃은 그의 신형이 바닥으로 추락했다.

추락하는 이단의 신형을 화살이 꿰뚫 듯이 강기의 창이 꽂혔다.

"쿨럭!"

쿠후우웅!

둔중한 소리를 내고, 이단은 바닥을 들이받고 튕겨 올랐다가 굴렀다.

"대단해. 어떻게 그것을 타고 날 생각을 했을까?"

이단은 힘을 주어 바닥을 짚고 일어나려 했지만, 그럴 힘이 안 들어갔다. 입에서 피가 토해졌다.

가슴의 앞뒤로 피가 흐른다. 관통상이다.

"눈이 구백 냥이라고? 그건 눈이 있을 때 이야기지. 빛이 없는 세상에서 눈은 아무 쓸모도 없는 장식품이란다, 아이야."

요마가 천천히 이단에게 다가왔다.

"아쉽구나. 대성을 코앞에 둔 것 같은데……."

─불쌍한 것. 내 말을 들었으면 대성할 수도 있었을 텐데…….

"요마."

부드러운 목소리가 그를 불렀다.

이단이 아니다.

소리가 나는 방향으로 요마는 얼굴을 돌렸다.

"사매?"

"아니, 요마."

잠시 경직되었던 요마의 얼굴이 다시 푸들푸들 떨리기 시작했다.

"그렇군. 사마가 아니라 그년의 딸이었어. 죽었으리라 생각했는데 아직까지 살아 있다니……."

설아가 대답했다.

"응. 살 수 있었어. 저 사람, 교룡의 피를 내게 나눠 주었거든."

"그래, 그랬어."

이제야 요마는 알 수 있었다.

사마가 왜 장강으로 나왔는지, 왜 교룡을 찾아 돌아다녔는지를 말이다.

"설아, 네 어미는 어디 있지?"

"나도 몰라."

"말해. 안 그러면 저 남자는 죽어."

"안 돼. 하지만 나도 몰라."

"안됐군. 어쩔 수가 없어."

요마는 천천히 이단에게 다가갔다.

순간 설아가 외쳤다.

"안 돼, 요마! 이단, 눈 감아……!"

이단은 설아가 무엇을 말하는지 알 수가 없었다. 아니, 두 사람의 대화를 제대로 알아들을 수 있을 기운이 없었다. 그저 멍하니 설아를 바라보고 있었다.

순간 이단은 설아가 눈을 뜨는 것을 보았다.

그리고 설아의 거울 같은 은빛 눈동자를 보았다.

은빛 눈동자 속으로 빨려 들어갔다.

어느새 이단은 설아의 은빛 눈동자 안에 갇혔다.

기다렸다는 듯이 이단을 잡으려 온갖 귀들이 달려왔다.

이단은 달아날 곳이 없었다.

순간 이단의 눈을 감기는 손이 있었다.

"안됐군, 설아. 미안하지만 나는 이미 눈을 잃었어."

"……."

"눈이 없으면 투형색원시의 술은 아무 소용이 없는 일이지."

이단의 눈을 감긴 손은 설아가 아니라 바로 요마의 것이다.

요마가 다시 손을 치웠다.

이단은 난감해하는 표정의 설아를 볼 수 있었다. 이미 그녀의 투형색원시는 깨져 있었다. 요마에 의해서.

"좋은 방법이 생각났어, 설아."

"뭐?"

"사마를 불러낼 수 있는 좋은 방법!"

"뭐?"

"너를 죽이면 돼."

설아가 뒤로 주춤 물러났다.

"사마가 사부를 죽인 것도 너 때문이지? 나는 이미 짐작하고 있었어. 아마 사부는 네 어미만으로는 만족을 못해서 어린 너마저 범하려 했을 거야. 그래서 네 어미는 사부를 죽였겠지."

"맞아. 그럼 그것을 아는 사숙은 오히려 엄마한테 감사해해야 하는 것 아니야?"

"아, 그것에 대해 복수하려는 것은 아니야. 그 점에 대해서는 감사하고 있지. 사마가 사부를 죽인 덕분에 우리 모두 사부의 올가미로부터 해방되었으니까. 하지만 사마는 우리를 이용했어. 그리고 우리를 죽음으로 몰아넣었지. 나는 그것을 용서할 수 없어."

설아는 뒤로 주춤 물러섰다.

이단은 일어서려 했지만 일어날 수가 없었다. 어찌 된 것이
그의 몸에 기운이 하나도 없었다. 단지 부상 때문이 아니었
다. 마치 무언가에 기운이 빨려 나간 것 같았다. 빨려 나가는
것은 기운만이 아니었다.

이단은 그제야 생각이 났다.

그가 잊고 있던 것, 그가 익혔지만 정신을 차리면서 잊어버
린 것이 무엇인지를 말이다.

가사몽습지혜.

기운을 잃은 이단은 가사 상태로 빠져들었다. 그렇게 이단
은 서서히 정신을 잃어갔다.

"오라방."

요마를 부르는 소리가 들렸다.

"누, 누이?"

요마가 뒤를 돌아보았다.

승복을 입은, 벽안에 금발을 한 사미니가 거기 있었다.

"오라방!"

요마의 얼굴이 환하게 밝아졌다. 보이지는 않아도 알 수 있
었다.

"정말로 살아 있었구나."

"웅, 오라방. 나도 오라방이 살아 있을 거라고 생각했어."

요마는 파사를 향해 주춤주춤 걸어갔다.

하지만 눈을 잃은 요마는 그녀를 볼 수 없었다. 요마는 그녀를 만져 보기 위해 앞으로 손을 뻗었다.

"오라방……."

"잘 왔다. 이제 우리 같이 끝을 내자. 나는 지난 사 년 동안 율갑혼정기의 숨은 뜻, 새로운 단계를 깨달았어. 이제 너와 내가 힘을 합치면 우리는 그 이상을 이룰 수 있을 거야."

파사는 느릿느릿 고개를 가로 흔들었다.

"아니요, 오라방. 이제 여기에서 끝내요."

"뭐?"

"여기에서 끝을 내라고요."

"그게 무슨 소리야?"

"오라방도 모르셨죠? 하지만 이제는 아실 거예요. 세상은 우리가 알고 있는 세상이 전부가 아니라는 것을요. 세상은 강자가 약자를 뜯어먹는 것만 있는 게 아니라 약자를 보호하기도 한다는 것을 말이에요. 그리고 그것이 더 아름다운 세상이라는 것을. 그러니까 이제 끝내요."

"안 돼. 그럴 수 없어. 지난 사 년간… 나는 지하 무저갱에서 복수를 다짐했다. 오로지 사마 그 계집을 죽여서 사형제와 사부의 원혼을 달래겠다는 복수로, 그 일념으로 살아왔는데, 뭐? 이제 끝내라고?"

"그럼 오라방? 우리들 손에 죽은 사람들의 원혼은?"

"그거야… 그거야 그들이 약했기 때문이지. 약해 빠졌으니 우리의 먹이가 되었던 거잖아. 그게 세상의 이치라고."

파사는 한숨을 내쉬었다.

이미 요마는 논리가 없었다. 말로 설득해서 될 일이 아니었다. 그에게 남은 것은 복수에 대한 일념 하나뿐이었다.

"오라방, 정말로 포기할 수 없나요?"

"이제 다 왔어. 끝이 보인다고. 설아 저 계집 하나면 돼. 저 계집만 죽이면, 사마 그 계집은 반드시 나타나게 되어 있어."

"안 돼요, 오라방. 나는 오라방이 더 죄를 짓도록 놔둘 수 없어요."

파사는 신형을 날려 설아 앞을 가로막았다.

요마는 파사가 가로막고 있다는 것은 안중에도 없었다. 결국 요마가 날린 강기의 소용돌이는 고스란히 파사가 뒤집어쓸 수밖에 없었다.

파사가 요마를 막으며 소리쳤다.

"뭐 해요, 어서 빨리 두 사람을 데리고 이곳을 빠져나가지 않고!"

파사의 말에 정신을 차린 차가람이, 그리고 지이사니가 설아와 이단을 끌어안고 그곳을 떠났다.

파사는 요마의 강기를 막았다.

한 번, 두 번, 세 번…….

파사의 악다문 입술에서 피가 흘렀다.

"비켜라! 내 성질을 누구보다 잘 알잖아! 난 끝을 보고야 말겠어!"

요마는 화가 나서 소리를 질렀다.

때마침 파사의 눈에 그곳을 빠져나가는 사람들의 모습이 보였다. 이제 안심이다. 파사는 손을 내렸다.

그녀의 신형을 강기의 폭풍이 덮쳤다.

파사가 비명을 지르며 날아가자, 요마는 그제야 자신이 무엇을 벌였는지를 알아차렸다.

"으아아아!"

요마는 비명을 질렀다.

*   *   *

매를 쫓아 달리던 고적은 화가 났다.

저만치 날아가던 매가 돌연 방향을 바꾸더니 다시 되돌아가고 있었기 때문이다.

"이런, 망할……."

하늘을 나는 매는 벌써 그의 머리를 지나쳐서 정무련으로 향하고 있었다. 기껏 간밤에 출발한 곳이 정무련이었는데 또다시 돌아간다.

고적은 다시 달리기 시작했다.

　　　　　*　　　*　　　*

　나갔던 이단이 돌아왔다. 나갈 때는 걸어서 나갔는데 돌아올 때에는 실려서 돌아왔다.

　여일위가 찾아오고, 일절 사태가 찾아왔다.

　"그래도 죽지 않아서 다행이로세."

　여일위는 안도의 한숨을 내쉬었지만, 그래도 난관은 아직도 많이 남아 있었다.

　"어떻게든 살려내야 하오. 무슨 수를 써서라도."

　지이 사니가 고개를 저었다.

　"아미타불, 우리가 할 수 있는 것은 다 했습니다. 이젠 저 사람 하기에 달려 있어요."

　"제 부군 될 사람이건만, 누가 그보다 걱정을 더 하리오!"

　여일위는 눈에 힘을 주며 차가람을 닦달했지만, 곧 일절 사태에게 밀려서 그곳에서 쫓겨났다.

　지이 사니도 방을 나갔다.

　이제 실내에는 누워 있는 이단과 그의 상세를 치료하고 있는 차가람만 남았다. 아니, 사람들은 그렇게 그 둘만 남겨놓고 방을 나갔다고 생각했다. 아무도 그들을 따라 설아가 들어왔다는 것을 모르고 있었다.

　차가람은 이단의 상세를 살폈다.

그녀가 아는 지식으로는 원인을 알 수 없었다.

상처는 급소를 비켜갔다.

출혈도 멎었다.

율갑혼정기가 자가 치료를 하고 있었다.

하지만 그뿐이었다.

한번 의식을 잃은 이단은 정신을 차리지 못하고 있었다.

설아가 말했다.

"가사몽습지혜예요. 이단은 율갑혼정기의 마지막을 찾고
있어요."

차가람은 깜짝 놀라 뒤를 돌아보았다. 언제부터 있었는지
설아가 거기 있었다.

차가람이 물었다.

"어떻게 해야 하지요?"

"알아서 깨어나기를 기다려야죠."

"그렇군요."

차가람은 안도의 한숨을 내쉬었다. 그러다가 문득 무언가
이상한 것을 깨달았다.

"그럼 깨어나지 않을 수도 있다는 말이로군요?"

설아가 고개를 끄덕였다.

"웅. 명계의 존재들에게 붙잡히면 못 나올 수도 있어요."

문득 차가람은 설아의 목소리가 자신에 차 있다는 것을 깨
달았다.

"못 나오겠군요?"

설아는 이단이 못 일어날 것이라고 보고 있는 것이다. 그것은 예상이 아니라 확신이었다.

차가람의 눈빛이 간절해졌다.

"어떻게 그를 살릴 수 있는 방법이 없나요?"

"명계에서 다시 불러오는 방법?"

"예."

"있어요."

"어떤……?"

"다른 사람이 이단을 쫓아서 명계까지 들어가서 그를 불러내는 거죠. 한 번 해봤는데, 되더군요. 나는 그를 불렀고, 그는 내 부름에 답해서 나왔어요."

한 번 해봤다고? 해본다는 것이 어떤 것일까?

문득 그것이 궁금했다. 하지만 지금은 그런 것을 따질 때가 아니다.

"부탁해요."

설아는 화가 났다.

"싫어요."

차가람은 순간 할 말을 잃었다. 한참을 망설이다가 물었다.

"왜?"

"그를 살려내면? 이단은 나를 쳐다보지도 않던데……"

차가람은 눈물이 왈칵 솟았다. 자신이 잘못 생각했다. 한

번 해봤는데 되더라는 이야기를 엉뚱한 쪽으로 해석하고 있
었다.

"설아, 설아도 그를 사랑하죠?"

"웅! 하지만 외사랑이에요. 짝사랑도 못 되는 외사랑."

설아가 화가 나서 소리쳤다.

"내 남자가 되지 못하느니 차라리 아무도 그를 차지하지
못하게 만들 거야!"

차가람은 조용히 설아 앞에 앉았다.

"미안해요."

"뭐가요! 단지 저 남자가 나를 만나기도 전에 당신을 알고
있었던 게 잘못이죠."

"설아, 이단을 사랑하죠?"

차가람은 물었던 것을 또 물었다.

설아는 순간 눈물이 왈칵 솟았다. 같은 질문을 받았지만 전
과 느낌이 달랐다. 한 번 그를 욕하고 나니까 그에 대한 미움
이 많이 정화된 느낌이다.

"사랑은 말이죠, 때로는 그 사람을 보고만 있어도 좋은 거
예요. 그리고 때로는 그 사람이 내가 아닌 다른 사람으로부터
행복하면 그것만으로도 좋은 거지요."

차가람은 설아의 손을 꼭 잡았다.

"이단을 살려줘요."

설아는 자리에서 일어났다.

"자리를 비켜줘요."

차가람이 눈을 크게 떴다.

"남이 보는 거, 싫어."

차가람은 설아가 이야기하는 것이 무엇인지 알았다.

"할… 줄… 알아요?"

설아가 대답했다.

"응. 해본 적은 없지만 당신이 하는 것을 봤으니까."

차가람은 입술을 꼭 깨물었다.

그리고 조용히 일어났다. 설아의 등 뒤로 문을 닫는 소리가 울렸다.

第七十二章
이단, 이단……!

狼王

장각은 검을 들고 요마와 마주 섰다.

요마가 비무를 청했기 때문이다. 그리고 그것은 그도 바라는 바였다.

요마와 함께 지내면서 장각은 요마가 과거의 무공을 되찾고 있다는 것을 깨달았다. 그의 전신에서 뿜어져 나오는 투기가 그것을 말해주고 있었다. 어쩌면 그때 그 이상이었는지도 모른다.

좋은 상대와 힘을 겨룰 수 있다는 것은 좋은 일이다. 무사로서 자신의 실력을 가늠할 수 있는 좋은 기회이기도 했고, 알면서도 깨우치지 못한 것을 새롭게 깨우칠 수 있는, 다른 말로 바꿔서 득도할 수 있는 좋은 기회이기도 했다.

간혹 욕심을 부리다가 목숨을 잃기도 하지만.

장각은 그것에 대해서는 걱정을 안 했다.

그가 아는 요마는 한 번 한 약속은 반드시 지키는 사람이었다. 명예를 알고, 은원을 구분할 줄 아는 사람이었다.

은원을 구분할 줄 안다는 것은 은혜를 원수로 갚지는 않는다는 뜻이고.

어찌 보면 장각은 요마의 생명의 은인일 수도 있는 일이다.

그가 부상으로 시력을 잃었다는 것을 알고 그를 무저갱으로 보냈다. 그리고 약속대로 그를 무저갱 밖으로 내보냈다.

그리고 오늘 요마는 비무를 청했다.

장각은 호쾌한 마음으로 그의 비무를 받아들였다.

요마가 달려들었다.

장각은 검을 날렸다. 아예 처음부터 검강을 휘둘렀다.

순간 요마가 뒤로 물러났다.

장각이 이렇게 진심으로 달려들 줄은 미처 생각지 못했던 것일까?

이어서 검강과 요마의 권장이 몇 번 충돌을 일으켰다.

한쪽은 적수공권이고, 한쪽은 검이다. 그것도 수십 년을 갈아 온 검. 당연히 적수공권이 불리할 수밖에 없었고……

하지만 수를 나눌수록 요마는 압도적인 열세를 극복해 갔다.

요마 역시 새로운 경지를 열어갔다.

이제는 검강이 요마의 몸에 닿지도 못하고 있었다.

요마도 장각의 검강처럼 주먹에서 강기를 뿌려내고 있었다.

장각의 수법을 요마가 흡수한 것이다.

그렇게 둘은 검과 권을 교환하면서, 어느새 시간은 점심을 지나 저녁으로 향했다.

장각은 그가 아는 최후의 초식, 천단(天斷)을 펼쳤다. 말 그대로 하늘을 쪼갠다는 식이다. 이것만은 요마도 못 막을 것이라고 생각했다.

하지만 요마는 막아냈다.

그냥 막아내는 것이 아니라, 그것을 덮었다. 마치 폭풍처럼 강기를 몰아냈다.

장각의 검은 그것을 갈랐지만, 단지 갈라졌을 뿐이다. 좌우로 갈라진 기운은 그대로 장각을 덮쳤다.

장각은 피하지 못했다.

"그 초식의 이름은?"

"이름 같은 게 무슨 소용이 있다고……."

장각의 질문에 요마는 피식 헛웃음을 토하며 대답했다.

"그렇긴……. 때로는 이름이라는 것이 거추장스럽기도 하지요."

요마는 손을 뻗었다.

장각은 요마의 손을 잡았다.

그리고 요마의 부축을 받으면서 장각은 일어났다.

순간, 장각의 등이 화끈거렸다.

요마는 고개를 숙여 자신의 복부를 내려다보았다.

장각을 꿰뚫은 창이 요마의 배까지 찢고 있었다.

장각에게 가려서 보지를 못했다.

장각이 쓰러졌고, 그의 뒤에 있는 여상추가 보였다.

요마도 그 자리에 주저앉았다.

여상추가 다가왔다.

혼자 다가온 게 아니라 검후를 볼모로 끌고 왔다.

여상추가 물었다.

자오신서가 어디 있냐고?

이미 비무를 통해 진기를 다 소비한데다 부상까지 입은 요
마는 아무것도 못했다. 그저 여상추가 하는 것을 보고 있을
수밖에.

장각이 답을 안 하자 여상추는 검후를 죽이겠다고 협박했
다.

장각은 결국 책꽂이를 가리켰다.

여상추는 성큼성큼 다가가서는 책꽂이에서 그 책을 뽑았
다.

그리고 책장을 넘겨보았다.

파라라락, 수십 장을 한꺼번에 넘겨보더니 갑자기 앙천대소를 터뜨렸다.

그리고는 들고 있는 자오신서를 능검후 호란에게 건네주었다.

책을 받은 호란도 서둘러서 책장을 넘겼다.

백지였다.

겉표지는 자오신서였지만, 그 안에는 아무런 내용이 없었다.

그것을 확인한 요마도 웃음을 터뜨렸다.

너무 우스워서 뱃가죽이 당겼다.

상처가 벌어지고 겨우 멎었던 피가 다시 솟구쳤다.

장각도 씁쓸한 웃음을 남겼다.

몇 년을 살을 맞대고 아내로 알고 살아온 여자의 배신을 직접 눈으로 봤으니, 그리고 그 배신이 가장 가까운 동료에게서 이루어졌으니…….

여상추는 다시 장각에게 자오신서를 내놓으라고 협박했지만 이제는 소용없었다.

좀 전에는 볼모라도 있었지.

여상추는 장각의 검으로 그의 목을 벴다.

장각의 피가 요마의 얼굴에까지 튀었다.

'자오신서는 처음부터 거기 없었어. 그럼 장각은 자오신서를 어디에 숨겨놓은 거지?'

—알고 싶어? 그럼 따라오면 돼. 하지만 이걸 알아둬. 그렇게 계속 들어가다 보면 못 나갈 수도 있다는 것을. 나는 분명히 이야기해 줬다.

사패의 사군이 각자 한 권씩 책을 나눠 가졌다.

장각은 그중에서 자오신서를 택했다.

장각의 생각에 그것은 마교의 무공이 다시 강호에 나오지 못하도록 막을 수 있는 최선의 선택이었다.

장각은 그 책을 어떻게 할까 고민에 빠졌다.

홍학과 홍란은 너무 어리다.

나교는 너무 이지에 밝다. 언제 검각을 배신할지 모른다.

아무래도 능검후가 가장 좋을 것 같았다. 그의 아내요, 그를 보좌해서 지금의 검각이 있도록 힘을 다한 사람이 바로 호란이다. 그녀라면 믿을 수 있을 것이다.

장각은 능검후 호란에게 그것을 맡기기로 마음먹었다.

장각은 그녀의 방으로 향했다.

아무도 없었다.

어디 갔을까?

다음에 다시 들르기로 하고 장각은 그녀의 방을 나섰다. 나서던 장각은 엉뚱한 것이 눈에 띄었다.

오늘 입었던 능검후 호란의 옷이다.

옷은 여기 있는데 호란은 없다.

어디 갔을까? 이 밤에 옷을 갈아입고 외출했을 리는 없고.

장각은 호란이 돌아오면 놀래줄 생각으로 어둠 속에 몸을 숨겼다.

꽤나 오랜 시간이 흘렀다.

드디어 호란이 나타났다.

그것도 호란은 만약의 사태에 청문궁을 벗어날 수 있는 비밀 통로를 이용해서 말이다.

실수였다!

호란에게 저곳을 가르쳐 주었던 것이.

저곳은 만약의 사태, 적의 공격에 의해 청문궁이 무너지게 되는 일이 발생했을 때 빠져나가는 길이지, 사람들의 이목을 피해 마음대로 돌아다니라는 것이 아니란 말이다.

장각은 주먹을 불끈 움켜쥐었다.

더욱 장각을 화가 나게 하는 것은 능검후 호란이 비밀 통로로 나갔다 돌아왔다는 것이 아니다. 정작 장각을 화나게 하는 것은 지금 호란의 옷차림이다.

그녀는 나삼만 걸치고 있었다.

조그만 조명에도 속살이 고스란히 내비치는 나삼.

그 차림으로 호란은 밖을 나갔다가 돌아온 것이다.

장각은 숨을 죽였다.

호란에게 자오신서를 맡기겠다는 생각은 처음부터 완전히 다시 수정하지 않을 수가 없었다.

장각은 다시 자신의 집무실, 청문궁의 꼭대기 층으로 돌아왔다.

"이 시간에 웬일이야?"

요마가 물었다.

"아니, 갑자기 볼 책이 생겨서……."

요마가 놀리듯이 묻는다.

"혹시 자오신서는 아니지?"

"자오신서는 무슨!"

당황한 장각은 얼결에 가장 먼저 눈에 띈 책을 뽑아 들었다.

"애들 가르치려고…… 사자소학(四字小學)이다."

"아, 맞다. 자네… 밖에서 낳아 온 애가 하나 있다고 그랬지? 그놈 가르치려고?"

"응."

장각은 중얼거리면서 사자소학을 갖고 자리로 돌아갔다.

"책 다 봤으면 내려갈 때 불 꺼. 난 잘 테니까."

"그래."

장각은 대답했다.

그리고 장각은 사자소학을 갖다 꽂았다. 그리고 자오신서도 마땅한 자리에 꽂았다. 마지막으로 사자소학의 알맹이만 챙겨서 밖으로 나왔다.

나오면서 장각은 실내에 불을 끄는 것을 잊지 않았다.

오랜만에 장각과 장홍란이 마주 앉았다. 아마도 장각이 능검후 호란을 아내로 맞이한 후, 처음인 것 같았다.

곧 정무련의 정식 출범이 있을 예정이기 때문에 마침 장홍란도 성도에 와 있는 터라 가능한 자리였다.

"학아는 자주 만나고 있느냐?"

장각의 질문에도 장홍란은 뚱한 표정으로 다른 곳만 바라보고 있었다.

장각은 씁쓸하게 웃으며 장홍란에게 책을 내밀었다.

"이걸 내 대신 홍학에게 전해다오. 이 아비가 곁에서 지도해야 하건만, 일이 바빠 대신에 넘긴다고."

장홍란은 책을 내려다 보았다. 사자소학이다.

장홍란은 화가 났다.

엄마를 잃고, 혼자 지낸 게 얼마인데, 어디서 갑자기 동생이라고 데려와서는 그 아이에게 책을 전해주란다.

장홍란의 마음을 읽었는지, 장각이 그녀를 달랜다.

"기왕이면 너도 다시 읽어보면 좋을 것 같구나."

하지만 이미 장홍란의 마음은 틀어져 있었다. 그녀는 그 따위 책, 아무도 못 보게 꼭꼭 감춰놓겠다고 마음 먹었다.

'사자소학이로군.'

이단은 돌아갈 마음을 먹었다. 자오신서가 어디 있는지를 이제 알아낸 것이다. 바로 장홍란이 갖고 있다. 그것이 무엇인지도 모르는 채로 말이다.

—어딜 가?

'돌아가야지.'

—길은 알아?

'왔던 길을 되돌아가면……'

고개를 돌린 이단은 당황하기 시작했다.

길이 없다. 온통 암흑천지일 뿐.

—이리 와. 우리랑 놀자.

—잘 왔어. 환영해.

—그렇지 않아도 기다리고 있었어.

사람들이 이단에게 달려든다.

이단은 그들에게 붙잡혔다.

개중에는 아는 얼굴도 있었다. 도강자돈이라든가, 나교라든가……. 누구보다 그들이 가장 강렬하게 이단을 붙잡고 늘어졌다.

뒤돌아 나가야 하는데, 그들을 뿌리칠 수가 없었다.

이단은 그저 뒤를 돌아볼 뿐이었다.

바로 그때였다.

"이단, 이단……!"

그를 부르는 소리가 들렸다.

"가람!"

이단이 대답했다.

"와요, 이단. 이쪽이에요."

"힘이……."

이단을 붙잡은 사람들이 더욱 거센 힘으로 이단을 끌어당겼다. 이단은 그들을 뿌리치려 했지만, 그게 쉽지 않았다.

순간 기적이 일어났다.

어둠을 헤치고 한줄기 빛이 이단을 향해 내려왔다.

이단은 그 빛을 잡았다.

그것은 손이었다. 그리고 힘이었다.

이단은 그를 잡고 있는 것들을 뿌리치고, 밝은 밖으로 한걸음 내디딜 수 있었다.

"사랑해요, 이단."

"고마워. 그리고 나도 사랑해, 가람."

"이단, 이단……!"

설아는 이단을 불렀다.

"가람!"

이단이 답했다.

순간 설아는 몸이 경직되었다.

자신의 살이 찢어지고, 몸이 망가지고, 마음을 다 주고 있는데도 이단은 다른 사람을 찾고 있었다.

설아는 입술을 꼭 깨물었다.

아랫배를 넘어 깊은 곳이 찢어져서 아프지만, 우선은 이단을 살릴 수 있으니까… 그러니까 좋은 거다.

설아는 이단의 넓은 가슴에 엎어졌다.

아랫배를 통해 올라오는 통증이 더 심해졌다.

"사랑해요, 이단."

"고마워. 그리고 나도 사랑해, 가람."

설아는 처음으로 눈에서 흐르는 물이 짜다는 것을 알았다.

"그래요. 나도 고마워요."

　　　　　*　　　*　　　*

후영조 정운이 보는 앞에서 기마 자세를 취한 유달은 다리가 아파 주저앉고 싶었다.

하지만 그럴 수가 없었다.

바로 옆에는 그보다 나이도 한창 어린 이단이라는 놈이 땀을 뻘뻘 흘리면서도 똑같이 버티고 있었기 때문이다.

이단, 이놈은 절대로 포기하는 법이 없었다.

어쩌나 지독한지, 아버지가 없는 사이 마굿간을 털러 온 도둑놈이 이놈의 바짓가랑이를 붙잡고 매달리는 바람에 포기하고 바지를 벗어놓고 달아났다.

아무래도 저놈이 먼저 쓰러져야지 자신도 쉴 수 있을 것 같았다.

유달은 정운이 안 보는 사이에 놈의 무릎 뒤쪽을 걸어찼다.

휙!

"엇!"

걸어차려고 발을 휘둘렀는데, 놈이 휙 하고 발을 거두어 버렸다. 졸지에 균형을 잃은 유달이 앞으로 픽, 하고 고꾸라졌다.

그 모습을 보고 정운이 인상을 찡그렸다.

"달아, 너는 수련을 시작한 지 몇 년이 지났는데, 아직까지 마보(馬步)도 제대로 못 버티느냐?"

결국 추궁은 유달이 당했다.

'재수없는 새끼, 어떻게 알았지?'

―모든 동작에는 사전에 예비 동작이라는 게 있어. 저기, 너를 봐. 왼쪽 다리를 휘두르기 위하여 먼저 몸의 무게 중심을 오른쪽 다리로 옮기잖아. 그것만 봐도 네가 왼쪽 다리를 들어 올릴 게 뻔하지. 그나저나 그걸 보고 있다니, 정말 재수없는 새끼로군.

'맞아, 저 새끼는 그때부터 재수없었어.'

―그나저나, 재수없는 새끼, 또 없었어?

'없긴 왜 없어, 있었지. 재수없는 새끼가 또 누구더라?

유달은 다른 녀석이 생각났다.

화산에서 수련을 하던 때의 일이다.

소년 유달은 화산의 정식 제자가 되어 검법을 수련하기 시작했다.

화산에 입문한 지난 몇 년 동안은 아예 검을 잡지도 못하게 했다. 무엇보다 먼저 자하기를 느껴야 한다나 뭐라나.

몇 년을 가부좌를 틀고 앉아 있었지만, 느껴지는 것은 아무것도 없었다.

그나마 다행이랄까, 몇 년씩이나 앉아 있다 보니 이제는 들키지 않고 졸 수 있는 수준이 되어 있었다.

최근에 와서는 하단전이 뻐근했다. 뻐근하다는 말은 적당하지 않고, 의식을 하고 있으면 아랫배에 돌멩이 하나가 들어 있는 듯했다. 아마도 그것이 바로 내공인 듯했다.

하지만 그래서 뭐?

몇 년씩이나 가부좌 하고 앉아 있으니까 이제야 하단전에 돌멩이 하나 얻었는데, 언제 검기를 뿌리고 검강을 휘두른단 말인가?

그런 것은 천운을 타고난 사람이나 하는 소리이고…….

정작 유달이 필요로 하는 것은 진짜 칼 솜씨였다.

어차피 표국 출신인 유달이 잘나봐야 할 수 있는 게 표국 국주밖에 더 있을까!

표사나 하려면 검, 도, 창이나 잘 다루면 된다.

드디어 유달은 검을 잡을 수 있게 되었다.

유달은 제오사범이 지도하는 검법을 따라 했다.

지나가던 사범이 한 녀석의 머리를 쓰다듬고 간다. 저놈이나 나나 하는 게 똑같은데, 왜 저놈은 칭찬하고 나는 그냥 지나간단 말인가?

'재수없는 새끼.'

정말 재수없는 새끼다.

유달보다 나이도 한 살 어린데다 화산에 올라온 것은 두 해나 늦었다. 그런데 유달이랑 똑같이 검법 수련을 시작했다.

기회를 봐서 그놈 손을 봐줘야겠다고 유달은 생각했다.

"야! 오늘 배운 거 한번 대련해 보자."

"사형, 아직 우리는 대련이 금지되어 있잖아요!"

"대련을 안 하고 언제 크냐? 그러구! 진검도 아니라 목검인데 어때? 내가 너를 다치게 하기라도 한다냐?"

유달은 억지를 부려서 그놈에게 검을 쥐어 주었다.

놈과 마주 섰다. 그리고 놈에게 목검을 휘둘렀다.

"익!"

유달은 순간적으로 당황했다. 검을 휘두른 것은 유달이 먼저인데, 놈의 검이 먼저 유달의 목을 겨누고 있었다.

"다시."

한 발 물러나서 다시 시작했다.

"익!"

역시 마찬가지다.

"사형은 동작이 너무 커요. 이십팔수매화검은 정묘한 것이 그 생명인데, 사형은 검의 운용이 거칠어서 속도가 죽고, 세밀함마저 상실했어요."

어린놈이 이제는 유달에게 훈계까지 한다.

놈이 검을 거두고 몸을 돌렸다.

"아이참, 벌써 행공 수련 시간이 다 되었잖아요!"

"익!"

유달은 화가 났다.

눈에 아무것도 안 보였다. 있는 힘껏 목검을 휘둘렀다.

빠아아아.

통쾌한 소리가 울렸다. 그리고 짜릿한 감촉까지……

"의식을 잃지 마라. 의식을 놓치 마!"

유달은 제사사범이 재수없는 놈의 등 뒤로 장심을 붙이고 내기를 불어넣는 것을 보고만 있었다.

'재수없는 새끼. 죽어라, 죽어라……'

유달은 가만히 있지만은 않았다. 그 모습을 보면서 열심히 마음속으로 주문을 외웠다.

그리고 결국, 그놈은 눈을 뜨지 못했다.

─왜 그랬어?

'왜라니? 네가 너무 잘났잖아!'

─그게 왜?

'난 나보다 못한 놈이 나보다 잘난 꼴을 못 봐! 넌 그게 잘 못이야. 집에서도 주워온 놈한테 무시를 당했는데, 여기까지 와서도 네깟 놈한테 처져야겠어?!'

─그래서 시원해?

'최소한 너를 다시는 보지 않았으니 좋았지!'

─그랬구나. 그런데 어디 가?

'응! 다른 것을 깨닫기 위해……'

─아직 내 이야기 안 끝났어.

─여어, 이 자식 누구야? 어제 내 양 손목을 자르고, 저항도 못하는 내 목을 자른 놈 아니야?

─어라? 그놈 왔어? 정말이네?

'너희들… 너희들 다 누구야?'

─누구긴. 너한테 원한이 있는 혼령들을 내가 다 불러왔 지.

'왜, 왜?'

─왜긴! 우리는 네 화풀이 상대가 아니라고. 그런데 넌 단지 화가 났다는 이유만으로 우리를 죽였어.

─우리가 죄가 있더라도 네놈에게 죽을 만큼 큰 죄가 있지
는 않았어.

─우리한테 한 것처럼 너도 똑같이 당해야 해!

'안 돼, 안 돼. 안 돼… 으아아아!'

마차 문의 경첩에 양손을 결박당한 채 간혀 있던 백금장의
소공녀는 무슨 소리를 들은 것 같았다. 누군가의 비명 소리
같았는데…….

지난 며칠간 워낙 심한 고문을 당한 터라 처음에는 잘못 들
은 것이라고 생각했다. 그런데 다시 생각해도 너무 생생했다.

그녀는 살며시 눈을 떴다.

그녀 옆에 그가 앉아 있었다.

화들짝 놀랐다.

다시 비명이 터져 나왔지만, 비명을 지르다가 그를 깨워서
또 그 짓을 당할 생각을 하니 절로 비명이 목구멍 속으로 들
어갔다.

그녀는 질끈 감았던 눈을 다시 조심조심 떠보았다.

역시나였다.

그가 그녀를 보고 있었다.

다시 놀라 고개를 돌리던 그녀는 무언가 이상하다는 느낌
이 들었다.

조심스럽게 다시 고개를 돌려보았다.

놈의 얼굴이 보였다.

두 눈을 부릅뜨고, 송곳니가 밖으로 삐져나온 입도 쩍 벌리고 있다. 하얀 피부는 생기가 안 느껴진다. 빨갛던 입술이 이제는 퍼렇다.

놈은 그 상태 그대로 움직이지 않고 있었다.

"이봐요……."

그녀는 용기를 내서 놈을 살짝 건드려 보았다.

안 움직인다.

"이봐……."

이번에는 더 용기를 내서 발로 세게 툭, 찼다.

역시 안 움직인다.

"꺄아아아……."

그녀는 비명을 질렀다.

어쩌면 놈이 죽었기 때문에 지르는 환호성일지도 모르는 그런 비명을!

第七十三章
이단은 처음부터 알고 있었어!

사건 발생 후,
이십팔 일.

　이단은 조그만 불을 들고 책장을 넘겼다. 바로 곁에서 장홍
란은 그것이 무슨 책인지도 모른 채 조용히 이단을 지켜보고
만 있었다.

　표지는 사자소학이었다.

　하지만 내용은 그게 아니었다. 심법 구결이다. 이단은 심
법에도 구결이 있다는 것을 그제야 처음 알았다.

　그것을 보는 동안 이단은 자신의 마음속에서 들리는 목소
리가 무엇인지 그 정체를 알 수 있었다. 지금껏 이단은 그것
이 자신인 줄 알았다. 흔들리는 자신의 딴마음, 어쩌면 본심
인지도 모르고……

하지만 알고 보니 그게 아니었다.

심마(心魔)였다. 심마는 마음속에 들어온 마(魔)다.

석가모니가 보리수 안에서 드디어 도통하게 되었을 때, 그것을 방해하기 위하여 마귀들은 석가모니를 방해했다. 그것이 심마다.

구천을 떠도는 귀(鬼)가 사람의 마음속을 파고들어 사람의 이성을 흔든다. 바로 그것이 심마다. 이단은 이제 그것을 알았다. 어떤 것이 자신의 진짜 마음인지를 알고, 또 어떤 것이 그의 이성을 방해하는 것인지 알 수 있었다. 그것을 알고 나니, 그의 마음을 흔드는 것이 더 이상 없었다.

이단은 조용히 책을 덮었다.

그리고 책을 장흥란에게 내밀었다.

왜 아빠가 그녀에게 이 책을 맡겼는지, 이단은 왜 이 책을 찾아왔는지, 장흥란은 묻고 싶은 것이 많았지만, 차마 물을 수가 없었다. 이단의 표정이 지금은 그런 이야기를 할 때가 아니라고 말하는 듯했다. 다음에 언젠가 기회가 있겠지, 생각하며 장흥란은 조용히 책을 받았다.

"누님, 누님. 낭왕이 왔다면서?"

장흥학의 질문에 유모 모용정이 대신 답했다.

"늦어도 한참 늦었어요. 낭왕은 벌써 갔어요, 취문주."

"에엑! 벌써?"

되묻던 장홍학은 정색을 하고 장홍란에게 다가섰다.

"낭왕이 와서 뭐 했는데?"

장홍란은 보고 있던 책을 조용히 장홍학에게 내밀었다.

"전 각주의 유품이랍니다. 학 공자에게 남기신……."

순간 장홍학의 눈이 커졌다. 장홍란이 내미는 책을 받던 그의 손이 떨렸다. 책표지에는 사자소학이라고 쓰여 있었지만, 내용은 그것이 아닐 것이다. 아마도 무슨 무공 비급이겠지. 잠시 망설이던 장홍학은 도로 그 책을 장홍란에게 들이밀었다.

"누님, 이것은 아버지께서 내게만 남기신 것이 아닐 것입니다. 우리 두 사람에게 같이 남기신 것이지요."

장홍란의 얼굴에 오랜만에 미소가 어렸다.

*　　　*　　　*

성도를 노리던 마씨 일족의 정체가 드러났다.

선발대가 사천당가의 강호유람단을 노리다가 오히려 일격을 당해서 전멸하는 바람에 그들의 전모가 드러난 것이다.

하지만 그것으로 위기가 해소된 것은 아니었다.

사천강호는 한편으로는 요마의 등장에, 그리고 다른 한편으로는 구(舊) 원(元) 세력의 등장에 동요하고 있었다. 오 년 전에 있었던 유린의 상처가 다시금 기억 속에 떠올랐다.

여일위는 세 개의 말을 듣고 고민에 빠졌다.

"분명히 이것은 차도살인지계란 말이지요. 요마가 정무련을, 다시 요마를 원 세력이! 그럼 어찌해야 한단 말입니까, 이거지요. 우리는 하나인데 적은 둘이니… 이 방법은 어떻습니까. 병가점이랑 검각과 청사군, 이렇게 둘로 나눠서 겨루면 안 될까요?"

여일위의 질문에 시보는 고개를 흔들었다.

"그렇다고 힘을 둘로 나눠서 둘을 다 상대한다면 각개격파를 당할 겁니다."

"아무래도 그렇겠지요? 검각의 취문이랑 봉문을 합쳐 봐야 백이 안 되고, 청사군을 다시 소집해도 겨우 수십 명이니……."

여일위는 서 있던 자리를 옮겼다.

"그렇다고 청성파나 아미파를 불러들여 성도를 지켜달라고 할 수도 없고! 우리는 무조건 시간을 벌어야 합니다. 백호당이 도착할 때까지 시간을 끌어야 합니다. 아무래도 우리 힘으로만 이길 수 있는 방법은 그것밖에 없어요."

여일위는 포기하고 고개를 들어 시보에게 도움을 청했다.

시보는 지도를 향해 한 걸음 다가왔다.

"그렇게 운을 떼시는 것을 보아하니, 이미 생각하신 바가 있을 듯합니다만……."

여일위는 고개를 끄덕였다.

"그래서 이 방법이 떠오르더군요."

여일위는 성도를 차지하고 있던 말을 집어서 지도 밖으로 빼냈다.

시보가 실눈을 뜨며 여일위를 바라보았다.

"뭡니까? 그러니까… 성을, 정무련을 내주라는 말입니까?"

"그렇지요. 바로 공성지계입니다."

여일위는 계속해서 지도 위의 말들을 옮겼다.

"우리가 성을 비우면 먼저 요마가 성을 차지할 것입니다. 바로 이곳, 성도에 있으니 냉큼 뛰어들겠지요."

요마의 말이 성도를 차지했다.

"자아, 그럼 요마 대 여상추의 대결이 벌어지겠지요. 둘 중 하나가 이길 것이고."

이번에는 원 세력의 말이 성도를 차지했다.

"자, 그다음에 이제 우리가 돌아옵니다."

다시 여일위는 들고 있던 말로 성도 위를 차지하고 있는 두 말을 모두 쓰러뜨렸다.

"어떻습니까, 좋은 전략 아닙니까? 용비교의 생각은 어떻습니까?"

여일위의 말에 시보는 눈을 들어 여일위를 바라보았다.

"그럼 제가 질문을 하나 해보겠습니다."

시보는 지도 위의 말들을 밀어버렸다.

"자, 우리가 다시 성도로 돌아왔다고 칩시다. 그럼 그때 사람들은 우릴 맞이할까요? 저 살겠다고, 이웃과 형제들을 모두 내팽개치고 달아났던 우리를 환영할까요? 지난 사 년은 청성파나 아미파, 종남, 사천당가의 사천이 아니라 우리 사패의 사천이었습니다. 역사와 전통을 자랑하던 청성과 아미도 근자에는 큰 활동을 하지 못했습니다. 왜일까요? 저는 그것이 모두 오 년 전의 일 때문에 비롯된다고 봅니다만… 이 상황에서 우리가 성도를 버린다면 민심은 다시 우리에게 등을 돌릴 것입니다."

시보의 지적에 여일위는 입을 다물었다. 미처 생각지 못했던 일이다.

"흐음, 명분, 결국 명분이란 말씀입니까?"

시보는 냉정한 얼굴로 고개를 흔들었다.

"민심을 얻지 못하면 정무련의 미래 역시 없습니다."

"그럼, 어쩌면 좋겠습니까?"

시보는 목소리를 높였다.

"지켜야지요, 성도를!"

여일위가 씁쓸한 표정으로 고개를 흔들었다.

"공성계가 아니라 농성계가 되겠군요. 하긴, 버티고 있다 보면 언젠가는 백호당도 도착할 것입니다만……."

여일위는 탐탁지 않은 표정으로 답했다.

"그럼 누가 먼저 올까요?"

"순서대로! 우선 가까운 요마가 먼저 이곳을 노릴 것입니다. 좋은 자리를 차지해야 싸울 때 유리하니까요."

결론이 났지만 여일위는 여전히 입맛이 썼다. 어쨌거나 이제는 움직여야 할 때다.

"요마는 누가⋯⋯?"

"지금 현재 정무련의 최고 고수는 낭왕이겠지요."

말을 하는 시보도 입맛이 썼다.

낭왕이 가장 좋은 패였다. 하지만 낭왕은 이미 한 번 썼던 패요, 요마에게 깨진 패다.

"낭왕만으로 안 되면 그 패 위에 또 다른 패를 업어야지요. 나를 업고, 나로도 안 되면 병가점을 업고⋯⋯."

여일위는 웃으면서 자기 자리로 돌아갔다.

"낭왕을 불러라."

여일위가 밖에 지시를 내렸다. 미리 기별을 넣었으니, 가까이 와 있을 것이다. 여일위는 그렇게 생각했다.

자리로 돌아온 시보는 한숨을 내쉬었다.

어쩔 수 없었다. 그 방법밖에는 말이다.

두 사람은 이제 이단이 오기만을 기다렸다. 이제 막 부상에서 회복되었지만, 이단이 아니고서는 방법이 없었다.

그런데 기다려도 이단은 안 들어왔다.

안 되겠는지 여일위는 직접 자리에서 일어났고, 잠시 후에 나갔던 여일위가 난처한 표정으로 다시 들어왔다.

"낭왕이 없습니다."

시보가 눈을 크게 떴다.

그들이 가진 말 중에 가장 큰 말이 이단인데, 없단다!

"벌써 요마를 만나러 갔답니다."

시보는 자리를 박차고 일어났다.

"소패성!"

"압니다. 나도 갑니다. 여봐라!"

시보가 말을 꺼내기도 전에 여일위도 움직이고 있었다.

정무전의 하늘 위로 전에 없이 커다란 불꽃이 솟았다.

*   *   *

이단은 하늘을 올려다보았다.

매가 보인다.

아는 매다. 매도 이단을 봤는지, 방향을 바꿔서 다른 곳으로 날아갔다.

이단은 매를 쫓았다.

이단은 매가 자리를 잡고 앉는 곳으로 다가갔다.

설아가 매의 깃털을 손질하고 있었다.

설아가 이단을 향해 얼굴을 돌렸다.

"왔어요?"

"응!"

이단은 잠시 설아의 깃털 손질이 끝나기를 기다렸다.

"설아, 요마는?"

"아직 그곳에 있어요. 그곳에서 당신을 기다려요."

이단이 고개를 끄덕였다.

"설아는 알지? 내가 그를 이길 수 있을까?"

설아는 고개를 흔들었다.

"깨달은 것과 익힌 것은 달라요. 하룻밤 사이에 일취월장할 수 있다고 생각하지 말아요."

"역시 그렇군. 고마워, 설아."

이단은 자리를 뜨기 시작했다.

설아가 멀어지고 있는 이단의 등에 대고 작은 목소리로 속삭였다. 이단에게는 들리지 않을 만큼 작은 목소리였다.

"기다릴게요, 이단."

설아는 하늘을 올려다보았다.

"천운이라는 게 있으니까요."

설아의 말대로 요마는 파사를 품에 안은 채로 그 자리에서 이단을 기다리고 있었다.

그의 수하가 요마에게 파사의 장례를 치르고자 했지만, 요마는 그녀를 놓아주지 않았다. 그렇게 밤새 파사를 안고 있었다.

멀지 않은 곳에 일절 사태가 있었지만, 그녀 역시 움직이지 않고 있었다. 요마가 움직이지 않고 있으니, 그녀도 먼저 움직이지 않았다.

이단은 일절 사태는 무시하고 요마에게 다가갔다.

"왔나?"

"미안하군."

"뭐가?"

"나 때문에 남매를 잃었어."

"아니, 아니. 너 때문이 아니야. 이게 다 이 세상이 그렇게 굴러가기 때문이지."

"그런가?"

"그래. 세상은 그렇게 굴러가는 거야. 강한 자가 약한 자를 밟고 일어서는 거다. 너도 나를 밟기 위해 이렇게 온 것처럼. 하지만 그 생각은 틀렸어. 자오신서를 얻었다고 해서 하룻밤 사이에 고수가 되는 것은 아니야. 나를 찾아오려면 더 늦게 왔어야 해!"

이단은 대답을 안 했다. 자오신서를 읽은 것은 고작 몇 시진 전이다. 하지만 요마는 벌써 그것을 알고 있었다. 설아도 알았다. 설아가 알았다는 것은 이단의 기풍이 달라졌기 때문에 알 수 있는 것이고, 설아가 알 수 있었으니 요마도 이제는 알 것이다.

"그나저나 사마는 어찌 되었나? 광마에 이어서 음마, 식마가 다 죽고, 내가 다시 나왔어도 왜 안 보이지?"

이단은 그저 고개만 저었다.

"정말 모른단 말인가?"

"굳이 나설 필요가 없는지도 모르지. 일이 이렇게 진정될 줄 알았다면 말이야."

"훗, 그런가?"

요마는 어쩌면 이단의 말이 맞을지도 모른다는 생각이 들었다.

다시 오마가 강호에 나타났지만, 잠깐이다. 등장하는 것과 동시에 그들 모두 사라졌다. 그러니 그것을 두고 분란이라고 할 수도 없으리라.

"하지만 자네를 그냥 놔둬서는 안 되겠지? 자오신서마저 얻었으니, 언젠가는 나를 추월할 테니까!"

요마는 동생을 바닥에 똑바로 드러눕히고 자리에서 일어났다.

"와라!"

요마가 소리쳤다.

기다렸다는 듯이 이단은 암천조를 휘둘렀다.

조간이 펼쳐지고, 조사가 날아갔다. 날아가는 낚싯줄 끝에 일곱 개의 별들이 반짝였다. 어느새 이단의 신형은 누에가 은색 실로 고치를 짜듯이 은빛 광망으로 뒤덮였다.

"좋은 수!"

소리치며 요마가 날아왔다.

순간 이단의 전신을 싸고 있던 고치가 터졌다. 원형의 구체가 넓은 면을 이루며 요마와 이단 사이의 공간에 은광의 망이 만들어졌다.

"첨밀밀인가? 그것만으로는 안 돼!"

요마는 망을 향해 강기를 날렸다.

은망이 터질 듯이 출렁거렸다. 하지만 터지지는 않았다. 강기를 담은 채로 은망이 날아갔다.

이단은 쉬지 않고 낚시를 휘둘렀다.

여전히 줄은 풀렸고, 줄은 거미줄처럼 엉켰다.

요마는 계속 강기를 날렸지만, 출렁이는 거미줄은 날아오는 강기를 안고 출렁거릴 뿐 찢어지지는 않았다.

드디어 이단의 낚싯대에서 시작된 은빛 거미줄이 요마를 감싸 안았다.

순간 이단은 낚싯대를 잡아당겼다.

줄이 당겨지고, 거미줄, 은망은 좁혀졌다. 그물 사이로 피가 터졌다.

이단은 낚시에 걸린 물고기를 낚아챘다.

쿠후우웅.

요마의 거구가 이단 앞에 떨어졌다.

"무슨 초식인가?"

요마의 질문에 이단은 기억 속을 더듬었다. 초식 이름이 기억 안 난다.

광마와 함께 만들던 그것이다. 횡으로 누운 첨밀밀을 종으로 세웠던 그것이다.

"광마의 냄새가 나던데……."

이단은 대답 대신에 고개를 끄덕였다.

"장군……."

요마의 늙은 수하가 달려왔다.

"자네들, 고향으로 안내해 주고 싶었는데, 그 약속을 못 지키겠군."

요마가 얼굴을 이단에게 돌렸다. 보이지 않는 눈으로 이단에게 청하는 중이다.

"그냥 돌아가는 길이라면, 아무도 막지 않을 것입니다."

요마는 오랜만에 마음 편한 미소를 지을 수 있었다.

"고마우이. 부탁이 하나 더 있는데, 우리를 같이 묻어줄 수 있겠나? 아니, 같이 태워줄 수 있겠나?"

"일절 사태께서 해주실 거요."

이단의 말에 요마는 미소를 지었다.

순간 요마의 신형이 갈라졌다, 모래성 무너지듯이.

"부탁드립니다."

이단의 말에 일절 사태는 불호만 외웠다.

"어떻게 이길 줄 아셨소?"

지이사니가 물었다.

이단은 고개를 저었다.

"이긴 게 아니라, 요마가 포기할 줄 알았습니다."

지이사니는 이단의 말뜻을 알아차리지 못했지만, 그를 잡지 못했다. 일절 사태가 벌써 저만치 가고 있었다.

백여 명의 병가점을 끌고 오던 여일위는 급히 신형을 멈췄다.

걸어오는 이단이 보였다.

"이겼단 말인가?"

이단이 고개를 저었다.

"그럼?"

이단은 그냥 여일위를 스쳐 지나갔다.

병가점 속에 섞여 있는 장판지가 앞으로 나섰지만, 이단을 잡지는 못했다.

"소패성!"

누군가 여일위에게 이제 어떻게 해야 할 것인지를 물었다.

여일위의 눈에 그곳에서 멀어지고 있는 이단이 보였다.

여일위는 결정했다.

"철군한다!"

"소패성!"

"낙향하는 사람들이다. 고향에는 몇 년째 그들이 돌아오기만을 기다리는 가족들이 있겠지. 기왕이면 좋은 소식을 안고 가는 게 낫지 않겠나!"

여일위는 발길을 돌렸다. 아직 할 일이 남아 있었다.

*　　　*　　　*

매를 쫓던 고적은 문득 들려오는 노랫소리에 정신을 차렸다.

역시 가까이에 설아가 있다.

고적은 숨을 고르며 눈을 감았다. 처음에는 피로 때문에 감았는데, 눈을 감고 보니 못 보던 것들을 더 잘 볼 수 있었다.

왜 설아를 못 찾았는지 그제야 깨달았다.

어쩌면 그는 설아를 이미 찾았는지도 모른다. 하지만 자신이 그것을 깨닫지 못했을 뿐. 고적은 노래를 쫓았다. 그리고 멀지 않은 곳에서 설아를 발견했다.

"소저……."

고적은 반가운 마음에 설아를 불렀지만, 설아는 아무런 반응이 없었다.

"설아 소저, 무슨 걱정이라도 있는지……."

고적은 조심스럽게 설아에게 다가갔다.

"바람이 불어요."

고적은 주위를 둘러보았다. 설아의 말과는 달리 이상하게 도 오늘따라 전혀 바람이 느껴지지 않았다.

"달래보았지만, 소용이 없네요. 바람을 타고 악운이 몰려 들었어요. 그것도 가장 안 좋은 액운이. 또 많은 사람들이 죽 을 것 같아요. 하는 수 없지요. 그것이 그들이 선택한 그들의 운명인 것을!"

설아가 자리를 털고 일어났다.

얼결에 고적이 그녀의 뒤를 따랐다.

"소저, 제가 도울 일이라도……."

설아가 한쪽을 가리켰다.

"저기 갈왕이 오네요."

고적은 눈을 들었다. 아직 아무도 안 보였지만, 고적은 설 아의 말을 의심하지 않았다. 그리고 역시 그녀 말이 맞았다. 연신 주위를 두리번거리며 다가오던 동파가 설아와 고적을 보고는 놀라서 주춤거렸다.

그는 도망치던 중이다. 요마가 죽고, 그의 부하들은 뿔뿔이 흩어졌다.

여일위가 끌고 온 병사들이 그들을 치지는 않았지만, 동파 는 그들과는 다른 사람이다.

과거 정무련 소속이었고, 지금은 정무련에 등을 돌린 사람 이다.

그들이 동파를 본다면 그냥 놔둘 리가 없었다.

주춤거리기는 고적 역시 마찬가지였다. 이미 한차례 충돌로 고적은 완패했다.

"어서 와요, 갈왕. 이분이 당신을 기다리고 있었어요."

설아의 말에 고적은 힘이 났다.

맞다. 나는 설아를 지키기 위해서 이곳에 온 거다. 내가 실력이 없는 게 아니다.

고적이 움직이기도 전에 먼저 동파가 움직였다.

동파보다 늦었지만, 고적은 자신이 늦다고 생각하지 않았다.

─후발선제(後發先制)!

그의 머릿속으로 설아의 목소리가 파고들었다.

문득 그가 익힌 검법의 이치가 병풍처럼 머릿속에 펼쳐졌다.

고적은 검을 휘둘렀다.

그가 알고 있던 검법이 펼쳐지고, 내기가 초식을 따라 흘렀다.

굳었던 몸이 펴진다.

고적은 자신이 성장하고 있다는 것을 깨달았다.

피 한 방울 묻지 않았지만, 고적은 검을 털었다.

그것이 상대에 대한 마지막 예의라고 생각했다.

고적의 검이 검집에 들어가는 것을 기다리기라도 했던 것
처럼 동파가 제자리에 주저앉았다.
　자신의 목을 움켜쥔 그의 손가락 사이로 선지피가 꾸역꾸
역 솟구쳤다.
　뭔가 말을 하고 싶었지만 말이 안 나왔다.
　입을 벌리자 소리 대신에 피가 솟구쳤다.
　이어서 피는 코로, 그리고 눈으로 흘렀다.
　동파는 앉은 채로, 자신의 목을 움켜쥔 채로 그렇게 굳어버
렸다.

　"어찌 알고 있소?"
　고적이 물었다.
　"뭐를요?"
　"우리 청성파의 검법을 말이오."
　"아!"
　설아가 짧게 신음 소리를 흘렸다.
　"나는 그것은 몰라요. 단지……."
　말을 하던 설아가 갑자기 말을 끊고 미소를 짓기 시작했다.
　"단지 뭐요?"
　마음 급한 고적이 설아를 채근했다.
　"그냥… 흔들리는 당신의 마음을 잡아주고, 기억 속에 굳
어버린 지식들을 움직이게 만져 주었을 뿐이에요."

설아는 고개를 돌린 채로 말을 했다.

"그것을 어떻게……."

"자오신서!"

"자오신서?"

"이단이 자오신서를 봤어요. 그리고 이단이 자오신서를 읽는 동안 나도 그것을 읽을 수 있었고요."

설아는 조심스럽게 눈을 떴다.

보였다.

세상의 모든 것이 설아의 눈을 통해 설아는 볼 수 있었다.

"그래요. 나도 이제 자오신서를 익혔어요."

고적은 설아의 맑은 눈을 처음 보았다.

"알아요? 나도 이제 가사몽습지혜와 투형색원시의 저주로부터 해방되었어요!"

설아가 치마를 걷고 달리기 시작했다.

"설아! 어디 가오?"

달리던 설아가 발을 멈추고 뒤를 돌아보았다.

"이단에게!"

"왜? 왜 또 이단이오? 그는 당신을 버리지 않았소?"

"이단은 처음부터 알고 있었어!"

"뭐를?"

"내가 가람이 아니라 설아라는 것을!"

설아가 환하게 웃어 보였다.

＊　　　＊　　　＊

성도로 향하던 여상추는 행로를 멈췄다.

가는 동안 병가보를 통해 강호의 정세를 들을 수 있었다.

여일위가 이단에게 검후의 살인 사건을 마저 수사하라고 지시를 내렸단다.

그리고 이단은 검후가 감추어놓고 있던 물건들을 찾아냈다. 그의 영웅건까지 말이다.

이제 이단은 그가 범인이라는 것을 알고 있을 것이다.

하지만 아직 발표를 하지 않고 있다.

왜일까?

그러고 보니 이단, 그놈… 요마에게 패하고 사경을 헤매고 있다던데!

문득 오늘은 아직 보고가 올라오지 않고 있다는 것을 깨달았다.

마씨 일족의 소식은 선발대가 사천당가를 노리다가 전멸했다는 이야기가 끝이었다.

요마의 군대나 마씨 일족의 소식이 궁금한데, 어째 지금껏 전령이 오지 않는단 말인가!

여상추는 뭔가 잘못되고 있다는 것을 깨달았다.

증거는 없지만, 느낌이 그렇다.

언제나 그의 느낌은 틀린 적이 없었다.

"보주, 전령입니다."

"오!"

그런 생각을 하던 중에 전령이 왔다.

"서두르셔야겠습니다, 보주."

여상추는 전령이 건넨 전서를 펼쳤다.

"이런, 이런……."

여상추는 인상을 찡그렸다.

"일위, 이놈에게 맡겼더니, 결국 이렇게 개판을 만들었어!"

말은 그렇게 했지만, 마음속은 달랐다. 오히려 쾌재를 부르고 있는 중이다.

계획대로였다.

장무련을 지키던 여일위는 정무련을 버리고 달아났다.

요마는 수라방을 무너뜨리고, 정무련을 차지하고 앉았다.

전서에는 없지만, 지금 마씨 일족은 착착 정무련을 향해 진격하고 있으리라.

여상추는 괜한 걱정이었다고 생각하며 전령을 맞았다.

어서 성도로 돌아가야겠다.

그가 가서 일을 마무리 지어야 할 것 아닌가!

여상추는 기운을 냈다.

第七十四章
그래도 병가보는 일위 놈이 차지하겠군

사건 발생 후,
이십구 일.

"매형! 이게 네 계획이야?"

갑자기 들려오는 소리에 여상추는 당황하지 않을 수 없었다.

많은 사람들이 여상추를 기다리고 있었다.

그것도 좌우로 늘어서서 서로 대치하고 있는 세력의 양쪽에서 그를 찾았다.

"여봐, 당신. 우리에게 집이랑 전답이랑 다 준다더니, 약속한 게 어디 있어?"

무산에 틀어박혀 있던 촌스런 중년 계집이 허리에 손을 얹고 여상추를 향해 삿대질을 해댔다.

가장 먼저 여상추를 맞이한 사람들은 마씨 일족이었다.

무산을 벗어나 성도로 내려오면 무주공산이 된 집과 전답이 그들을 맞이하기 위해 기다리고 있을 줄 알았는데, 전혀 아니었다.

사천을 공포로 밀어 넣을 선발대는 이름도 알리지 못하고 전멸하지 않았나, 빈집에 수십여 명의 무사들만으로 지키고 있을 줄 알았던 정무련에는 수백 명이 득실거렸다.

저 사람들을 밀어내고 차지하려면 나도 빈털터리가 될 게 뻔했다.

그래서 마씨 일족들은 화가 났다.

여상추의 말만 믿고 정든 무산의 터전을 버리고 여기까지 내려왔는데, 그들을 기다리는 것은 넓은 기와집, 기름진 논밭이 아니라 창칼이 전부였다.

"련주, 저들이 당신이 부른 사람들이오?"

신농계의 명계방이 소리쳤다.

그들 한가운데에서 여일위는 팔짱을 낀 채로 그 모습을 구경만 하고 있었다.

'요마는······?'

지금쯤 정무련을 쑥대밭으로 만들어놓았어야 할 요마가 안 보였다.

'분명히 보고에서는 요마가 정무련을 점령했다고 했는데······'

마침 사람들 사이로 용비교 시보가 걸어나와서는 여일위 옆에 섰다.

여상추는 그제야 자신이 속았다는 것을 깨달았다.

지금껏 강호를 속여왔는데, 이번에는 그 자신이 속았다.

"완당군 여상추, 그대를 검후 호란의 살인범으로 체포한다!"

용비교 시보가 소리치자, 좌우에서 병사들이 뛰쳐나왔다.

"푸하하핫!"

여상추는 박장대소를 터뜨리며 좌우 쌍장을 날렸다. 뛰쳐나오던 병사들이 바람에 휘말리며 날아갔다. 여상추는 그대로 자리를 박차며 군중들 속으로 뛰어들었다. 정확히 시보와 여일위를 노렸다.

순간 사람들 뒤에서 검은 그림자가 솟구쳤다.

"낭왕, 이노옴……!"

여상추는 소리쳤다.

도대체 어디에서 일이 틀어졌을까?

저놈은 어째 저렇게 멀쩡한 것인가?

여상추는 더 볼 것도 없이 이단을 향해 몸을 날렸다.

십여 장의 길이로 솟구친 이단의 낚싯대가 휘어지더니, 낚싯바늘이 허공에 던져졌다.

'동파는……?'

그래도 병가보는 일위 놈이 차지하겠군 315

여상추는 주위의 사람들 속에서 동파를 찾았다. 안 보였다.

'동파 녀석도 낭왕 저놈에게 패했나?'

알 수 없었다. 물어도 가르쳐 줄 것 같지 않았다.

'그나저나 저놈은 율갑혼정기를 어찌 알고 있단 말인가?'

바닥에 뒤통수를 대고 고개를 돌리니, 여전히 똑같은 모습으로 서 있는 여일위가 보였다.

'그래도 병가보는 일위 놈이 차지하겠군.'

마음에 안 들지만, 그래도 제 새끼다.

여상추는 눈을 감았다. 오늘따라 유난히 파란 하늘이 눈이 부셨다.

수십 년에 걸쳐 여상추의 뒤를 밀어주었건만, 여상추에게 속았다는 것을 깨달은 마씨 일족은 왔던 곳으로 다시 돌아가기로 했다. 그들이 얻은 것은 아무것도 없었다.

"아수라가 죽었다는군!"

여일위의 말에 이단은 그럴 줄 알았다는 듯이 고개를 끄덕였다.

"어찌 알았나?"

시보의 질문에 이단이 대답했다.

"투형색원시에 가사몽습지혜까지 익히면 살아서 돌아올 수가 없으니까."

"그게 무슨 말인가?"

이단은 그저 조용히 미소 짓는 것으로 답을 대신했다. 꿈속에서의 일들이 기억났다. 그에게 원한을 품고 있는 영혼들, 혼령들이 그를 붙잡던 그 순간이 말이다.

"장례는 어쩔 거요?"

여상추의 장례를 묻는 말이다. 그래도 명색이 여일위의 생부가 아닌가!

"장례는 무슨! 화장해서 뼛가루를 강에 뿌려줘도 그것만으로도 감지덕지지!"

여일위는 성난 목소리로 소리쳤다.

이내, 성을 낼 때가 아니라는 것을 알고, 여일위는 나머지 뒷정리를 시작했다.

"이제 자네가 수라방을 맡아도 문제가 될 것 없어 보이는데……."

"그게 그렇게 급하오? 이제 급한 일들은 다 끝난 것 같은데."

이단은 몸을 돌렸다. 남은 일들은 이제 이들이 알아서 할 거다.

굳이 그까지 여기 있을 이유가 없었다.

여일위는 어찌해야 할지 몰라 시보를 바라보았지만, 용비교 시보는 어쩔 수 없다는 듯 고개를 가로 흔들었다.

"언제 돌아올 건가?!"

여일위가 멀어지는 이단을 향해 소리쳤다.

"신혼의 단꿈이 깨지면!"

이단은 뒤도 안 돌아보고 소리쳤다.

시보가 조심스럽게 물었다.

"율갑혼정기가 아직 남았는데……."

일이 완전히 끝이 난 것은 아니었다. 율갑혼정기가 남아 있는 이상, 강호는 계속 시끄러울 것이다.

"그래서요?"

"에?"

"그래서 어쩌라구요? 누가 지금의 낭왕을 이길 수 있겠습니까? 신창 추산하를 부를 수 있다면 몰라도!"

여일위의 말에 시보는 할 말을 잃고 입맛만 다셨다. 무언가 개운하지 못한 뒷맛이었다.

*　　　*　　　*

"저어, 소저. 낭왕은 주왕이랑 결혼한다던데……."

고적은 설아의 뒤만 쫓아가며 중얼거렸다.

"알아요."

"그런데 군이 신농계로 가실 필요가 있겠소? 가봤자 반길 사람도 없을 텐데 말이오."

"반기지는 않아도 내치지는 못할 거예요. 나랑 그 사람은 피와 생명을 나눈 남매니까."

고적이 눈을 크게 떴다.

"피를 나눠요? 서, 설마… 정말 친남매란 말이오?"

오랜만에 설아가 뒤를 돌아보며 환하게 웃어 보였다.

"응! 친남매는 아니지만, 남매나 마찬가지예요. 이단은 그의 몸속에 흐르던 교룡의 피를 내게 나눠 주면서 내 목숨을 살려주었고, 나는 저승길에 한 발 들여놓은 이단을 구해주었으니까!"

설아의 말이 무슨 뜻인지는 몰라도, 고적은 그녀의 말이 거짓말은 아니라고 생각했다. 저렇게 맑은 눈을 한 사람이 거짓말을 할 리는 없으니까.

설아는 여전히 콧노래를 흥얼거리며 이단이 차가람과 함께 가고 있는 중경 신농계로 향했다.

*   *   *

사부와 장로들의 허락을 받고 겨우 청성산을 내려온 고창은 고적의 뒤를 쫓았다.

쫓던 중에 얼마 전에 만들어진 봉분을 보고 놀라 봉분을 파헤쳤다.

다행이었다.

나온 시신은 그의 형, 고적이 아니라 동파였기 때문이다.

다시 동파의 시신을 묻으려던 고창에게 이상한 것이 눈에 잡혔다.

책이다.

그것도 꽤나 귀한 것인지, 동파는 비단으로 꽁꽁 싸서 복대처럼 차고 있었다.

고창은 그것을 끌러보았다.

"취장휘서?"

고창은 동파의 시신을 다시 묻어야 한다는 것도 까먹은 채 어느새 책장을 넘기고 있었다.

"이, 이건……."

『낭왕』大尾

학교 뒤에서 담배를 피우던 학생 A가 교사에게 붙잡혔다.

당연히 A는 학생과로 끌려갔고, 얼마 후 다른 학생, B, C, D, 세 명이 한꺼번에 학생과로 불려갔다.

당시 A와 어울렸던 우리들은 두려움에 떨기 시작했다.

아마도 담임교사는 A에게 함께 흡연한 친구들을 밝히라고 종용했을 것이고,

담임교사는 A의 진술 여부와는 상관없이 A와 자주 어울리는 B, C, D를 불렀을 것이다.

이때 우리가 택할 수 있는 최고의 전술은 무엇이었을까?

우선 선택은 두 가지 가정에서 출발한다.

A가 B를 불었다, 안 불었다.

그리고 B의 행동 패턴 역시 자백한다와 안 한다, 두 가지다.
그러므로 모든 경우의 수는 A가 불었을 경우,

(1) B는 자백한다.

(2) 안 한다.

A가 안 불었지만,

(3) B는 자백한다.

(4) 안 한다.

이렇게 모두 네 가지 경우의 수가 나온다.

자, 그럼 이 각각 네 가지 경우의 결과를 놓고 비교를 해본다.

(4) A가 배신도 안 했고, B가 자백도 안 한 경우.

이 경우에는 교사는 아무런 증거가 없다. 그러므로 B는 무죄일 수밖에 없다. 이 경우 교사는 B를 보내줘야 한다.

(3) A는 배신을 안 했는데, B가 혼자 자백을 한 경우.

이 경우 B는 무죄로 석방될 수 있음에도 A를 믿지 못한 관계로 자수를 하는 꼴이다. 그러므로 이 경우 B가 자백을 하는 것은 안 좋은 선택이다.

(2) A가 진술을 했는데, B가 안 했다고 우기는 경우.

경우에 따라 가중처벌을 받을 수도 있다. 하지만 B의 범죄를 입증하기 위해서는 대질심문을 해야만 하고, 그전까지는 B의 범죄를 증명할 길이 없다. 또한 A에게는 심적으로 부담이 되는 대질심문을 해야 하기 때문에 부담이 된다.

(1) A도 진술을 했고, B도 자백을 한 경우.

이 경우, 굳이 B의 자백이 없어도 A의 진술로 A의 범죄 증거는 확보된 셈이다. 그러므로 B의 자백은 자신의 유죄를 더욱 확실하게 하는 추가 증거일 뿐이지, 자수한 것도 아니므로 결코 자신에게 유리하게 작용하지 않는다.

(3)과 (4)의 경우 자백을 하지 않는 것이 유리하다. (1)과 (2)의 경우 자백을 하는 것이 결코 유리하지 않다.

고로, 이 모든 네 가지 경우의 수를 놓고 볼 때, 우리는 끝까지 발뺌을 하는 것이 유리하다고 결론을 내렸고…….

그리고 우리들은 절대로 흡연하지 않았다. 나는 누가 흡연을 했는지 모른다며 모르쇠로 일관했다.

그럼에도 불구하고, 우리는 그렇게 한 반의 절반 가까운 수의 흡연 사실이 발각되었다.

나중에 알고 본 즉, 교사는 우리가 알고 있던 바대로 우리를 추궁했지만, '네 친구들은 자신의 흡연은 인정했어도 다른 친구의 이름을 자백한 적이 없었다'고 한다.

단지 교사가 물증은 없는 상태에서 예상되는 학생들을 불러다 자백을 시킨 것이다.

역시 매에는 장사가 없었다!

끝까지 읽어주신 독자 제현에게

장식을 너무 많이 했더니, 장식끼리 엉켜 버렸다.

그러다 보니 글쓴이 자신이 자신의 함정에 빠져 버렸다.

나름 짜임새있는 글을 쓰겠다 해놓고는, 결과적으로 더욱 엉성한 글이
되어버렸다.

이 점, 정말 죄송하게 생각하고…….

자, 다음에는 좀 더 신나게 써볼까?

그래, 〈귀호(鬼狐)〉로 달려보는 거야!

덧, 오랜 갈등 끝에 교정을 통과하지 못한 부분.

당파추가 말했다.

"은궐, 이제 말씀하게. 아임 유어 파더라고."

(〈낭왕〉에서는 이런 위트를 담지 못해서 아쉽다.)

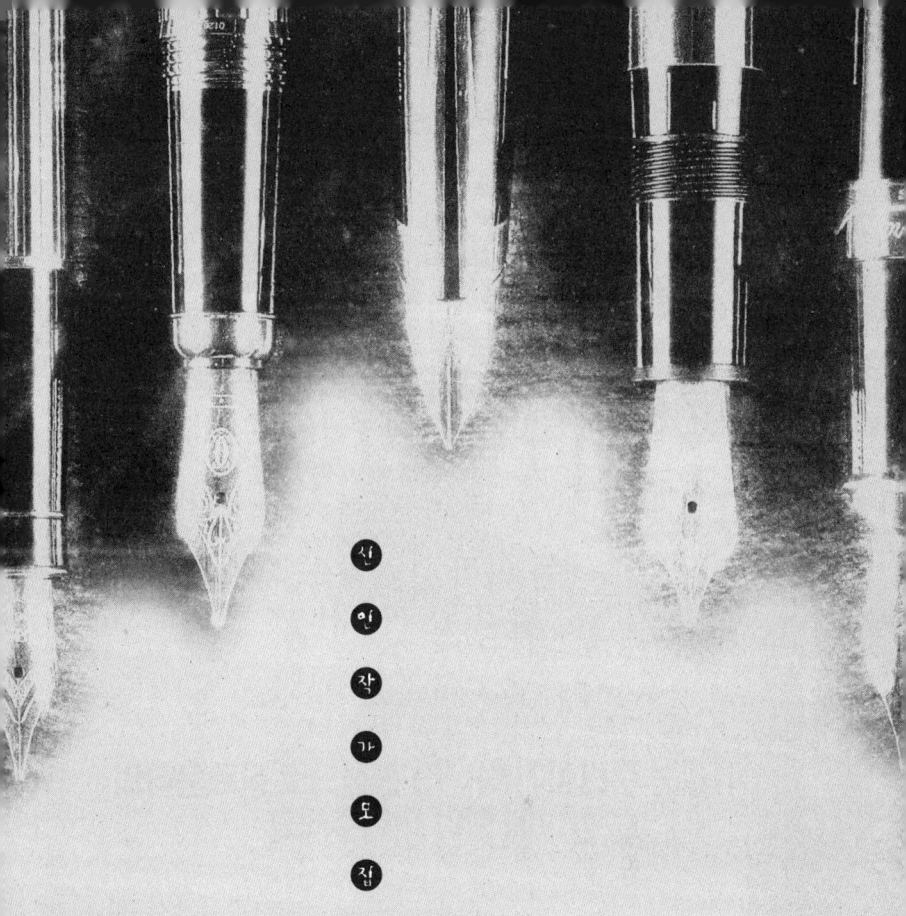

신인작가모집

시작이 반이라고 했습니다.
작가의 길에 대한 보이지 않는 벽을 과감히 깨뜨리십시오!
청어람은 작가 지망생 여러분들의
멋진 방향타가 되어드리겠습니다.

저희 도서출판 청어람에서는
소설 신인 작가분들을 모집합니다.
판타지와 무협을 사랑하시는 분들의 많은 참여를 바랍니다.
소정의 원고(A4용지 150매)를 메일이나 우편으로 보내주시면
검토 후 출판 여부를 알려드리겠습니다.

주소:경기도 부천시 원미구 심곡1동 350-1 남성B/D 3F 우편번호420-011
TEL:032-656-4452 · **FAX:**032-656-4453
http://**www.chungeoram.com**
e-mail:chungeoram@chungeoram.com

저작권 보호!!

장르문학의 성장에 힘이 되어주십시오.

저작물의 무단 전재와 복제, 불법 다운로드!
이것은 관심이 아니라 무관심입니다!

작가님들은 창의적 열정과 시간을 투자해 자신의 꿈과 생계를 유지합니다.
한 권의 책을 만들어 많은 사람들은 자신의 인생과 미래를 설계합니다.

저작물 속에는 여러 사람의 노력과 희망이
담겨 있습니다!

저작물의 무단 전재와 복제, 불법 다운로드는 여러 사람들의 꿈과 생계를
위협함으로써 장르문학을 심각한 상황에 빠뜨리고 있습니다.

이제는 무관심이 아니라 관심으로 장르문학의
성장에 힘이 되어주세요.

[도서출판 청어람은 항시적인 저작권 보호를 통해 장르문학과
여러분의 희망을 지키겠습니다.]

도서출판
청어람

共同傳人

공동전인

설경구 新무협 판타지 소설

마교를 재건하라.

혈마옥에 갇히며 마교 장로들의 공동전인이 된 사무진에게 주어진 과제.
역사상 가장 착한 마교의 교주.
하지만 역사상 가장 강한 마교의 교주가 되고 싶다.

고정관념을 버려요.
마교도라고 해서 꼭 나쁜 놈일 필요는 없잖아요.

지금까지와는 다른 마교.
이제 사무진이 만들어가는 새로운 마교가 모습을 드러낸다.

유행이 아닌 자유추구 ─
WWW.chungeoram.com
Book Publishing CHUNGEORAM

설봉 新 무협 판타지 소설

歡喜密功
환희밀공

歡喜密功
환희밀공 1
설봉 新무협 판타지 소설

歡喜密功
환희밀공 1
치락(致樂)

무유칠덕(武有七德), 금폭(禁暴), 집병(戢兵), 보대(保大),
정공(定功), 안민(安民), 화중(和衆), 풍재(豊財), 자야(者也).
〈좌전(左傳), 선공 십이년(宣公 十二年)〉

무에는 일곱 가지 덕이 있다.
첫째, 난폭을 금지한다. 둘째, 무기를 거두어들인다. 셋째, 큰 나라를 보전한다.
넷째, 공적을 정한다. 다섯째, 백성을 편안하게 한다. 여섯째, 대중을 화합하게 한다.
일곱째, 물자를 풍부하게 한다.

섬서성(陝西省) 육반산(六盤山)에 신력(神力)을 바탕으로
패공(覇功)을 구사하는 가문(家門), 육반루가(六盤婁家).
세상에게 외면받고 멸시당하는 환희교(歡喜敎).
육반루가의 후손과 환희교 교주의 운명적인 만남.

"넌 환희교를 지키는 수문장(守門將)이 될 거야.
강하게, 아주 강하게 키워주마."
'아버지처럼 죽지 않을 거야. 아무도 날 죽일 수 없어.
세상에서 최고로 강한 사람이 될 거야.'

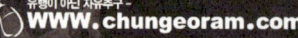

유행이 아닌 자유추구 -
WWW.chungeoram.com

Book Publishing CHUNGEORAM

태룡전

김강현

新무협 판타지 소설

『마신』, 『뇌신』에 이은
작가 김강현의 또 하나의 대작!!
『태룡전』

내가 이곳 미고현에 위치한 천망칠십오대에
온 지도 벌써 두 달이 넘었거든.
그런데 아직도 이해하지 못한 일이 하나 있어.
그게 뭐냐고? 우리 대주 말이야.
우리 대주님이 가장 좋아하는 게 뭔지 아나?
바로 침상에서 좌우로 데굴데굴 굴러다니는 거야.
그다음으로 좋아하는 게 그렇게 뒹굴다 잠드는 거고…….
나려타곤(懶驢打滾)!
더도 덜도 아닌 딱 우리 대주님을 지칭하는 말일세.

천망칠십오대 대주 단유강!!
격동의 무림은 그에게 휴식을 허락하지 않는다.
단유강, 그의 일보가 천하를 떨쳐 울린다.!

유행이 아닌 자유추구 -
WWW.chungeoram.com
Book Publishing CHUNGEORAM

오채지 新무협 판타지 소설

천산도객

천산도객

천산도객
오채지 新무협 판타지 소설

1

오채지 新무협 판타지 소설

마도대종사의 죽음.
마침내 끝이 난 이십 년간의 정마대전.
하지만 천 무림이 까맣게 모르는 것이 있었으니…

대종사가 마지막까지 숨겨두었던 마도백가(魔道百家)의 비밀 병기.
패잔병으로 북방을 떠돌던 어느 날 신비로운 사내 비파랑을 만나는데…

"항주의 금룡관(金龍館)에… 이걸 전해주십시오."
"눈치챘겠지만 난 마인이오."
"어쩐지 당신이라면… 약속을 지켜줄 것 같아서……."

한 번의 짧은 만남이 만든 운명 같은 행보.
그의 위대한 강호행이 시작된다.

유행이 아닌 자유추구 -
WWW.chungeoram.com

Book Publishing CHUNGEORAM